七菜なな
插畫／Parum
男女之間存在
純友情嗎？
不，不存在！！
Flag 1.
不然到
三十歲還單身
就跟我
在一起吧？
Kadokawa
Fantastic Novels

「啊，你終於回來了。」
國中二年級
「你的背是專屬於我的位子嘛。」
這裡
高中二年級

那一天，墜入友情的他們，
過了兩年依然是摯友——？
「妳也該放開我了吧。」
你再好好跟我享受一段專屬摯友的青春時光吧！

「謝謝你總是陪我的悠宇玩呢～～」
「啊。」
犬塚日葵
Himari Inuzuka
悠宇從國中時代到現在的摯友。很會拜託人，常讓人在她的掌心中被耍得團團轉，在學校的形象是個出身名門的優等生千金小姐。
夏目悠宇
Yu Natsume
目標成為專業花卉飾品創作者的高二學生。夢想是開一間自己的店，以此為契機，跟日葵成了命運共同體（摯友）。

「那真是太好了。不虧我把我的小夏借給妳呢。」
「……你好。」
真木島慎司
Shinji Makishima
是悠宇除了日葵以外唯一的朋友，也是個天生的玩咖。
榎本凜音
Rion Enomoto
是個冰山美人，也是慎司的兒時玩伴，跟日葵也是小學就認識了。

「你不是要做『戀愛』主題的飾品嗎？
就拿我體驗一下吧？」
「……！」
抓住我手臂的那隻手，
緊緊地加重了力道。
我沒能甩開，
還無意間彎下了腰。
……不不不。我這是在做什麼啊？
我們是「摯友」吧。

contents

七菜なな
插畫／Parum
男女之間存在純友情嗎？
不，不存在！
Flag 1.
不然到三十歲還單身就跟我在一起吧？
Kadokawa Fantastic Novels

Prologue — 兩朵花

人如果有墜入情網的瞬間，也一定會有友誼萌芽的瞬間。

那是國中二年級校慶時的事情了。

以鄉下的國中校慶來說，我們學校的校慶可說是出了名的熱鬧。各個社團都會跟附近的農家或餐飲店合作，推出物產展或餐飲的攤位。每年也會吸引許多他校學生跟來賓參加。

而科學社推出的是「花藝設計展覽會」。跟市內的大型鮮花店合作，以鮮花加工製成女生會偏好的小東西進行販售。

這天是為期兩天的校慶首日。現在的時間是……將近下午四點。

我拿著飾品盒在校內晃來晃去，四處徘徊。

「我、我是科學社的～～現在在販售鮮花飾品喔……」

「然後啊～～中午那時學長的表演超棒的～～」

「啊——！我沒看到！」

……完全被忽視了。

不，我自己也知道是講話的聲音太小聲，對方沒有聽到。

我覺得很著急。因為現在的業績距離販售目標的一成都還不到。

在校慶首日都快要結束的前一個小時，我才終於想到可以在校內兜售……但問題在於只是四處徘徊而已，就連一個促銷活動也沒有。

一個沒朋友的傢伙，有辦法在緊要關頭向別人搭話嗎？

當我無計可施的時候，一對對飾品感興趣的情侶走了過來。

「這是什麼？真花嗎？超漂亮的耶。」

「啊，這是以永生花做成的飾品。營收會全數捐給志工團體……」

永生花。

這是將鮮花用乙醇等藥品進行加工，讓它變成不容易凋謝的花卉。據說技術純熟的人加工過的花卉，就算過個一兩年也不失其鮮嫩的樣貌。

經過這番加工的鮮花搭配在飾品上頭，就做成了商品。

「哦～～原來這種東西是一般人也能做出來的啊。一個多少？」

那個男生拿起了做成耳環的商品。

見他終於表現購買的意願，我鼓起勇氣報出價格。

「一個五百圓！」

「咦，好貴！那我不要了。」

他幾乎是搶話般拒絕了之後，就粗魯地將飾品扔回到盒子裡。

……我第一次體認到銷售這一行有多難做。

對國中生來說，五百圓絕非平價。就算會拿去吃麥當勞，也不是會想花在同學自己做的飾品上的金額。

最後，我賣了五個。花了一整天的時間，在一百個當中我賣了五個。

（還有一天……不，不可能達標吧。）

像個傻子一樣拿著裝滿庫存的飾品盒，我回到了科學教室。

當時出現在那裡的人，就是日葵。

一身白皙的肌膚，以及纖瘦的身體。

那雙杏桃般的大眼是透徹得可以看見瞳孔的藏青色。

流洩而下的一頭美麗長髮髮色有點淡，並燙著微微的大捲。

是個帶有空靈氛圍的，如妖精般的美少女。

她在空無一人的科學教室裡，滿心熱忱地看著我準備的花卉飾品。四周環繞著用來展示的色彩繽紛的鮮花，更突顯出了她的存在感。

她將一個做成髮箍的商品戴上頭頂。那是用三朵圓圓的花苞搭配而成的設計。她看向桌上鏡子裡的自己，便喃喃著「噗哈！有種腦袋開滿花的感覺。好可愛～～」，並獨自輕聲笑了起來。

「美如畫」。

她讓我直率地產生了這樣的想法。

要是在ＩＧ上看到這畫面，我會毫不猶豫地按「讚」一百次吧……不，實際上沒辦法按到一百次就是了。

在我想著這種蠢事時，她回頭看了過來。

「啊，終於回來了。你是科學社的夏目悠宇同學對吧？」

突然被叫出全名，讓我嚇了一跳。我從來沒有見過這個女生。心裡還想著「美人連聲音都很好聽耶」這種無謂的事。

「是、是……沒錯……？」

因為不知道她是學姊還是學妹，我的回應不禁顯得不知所措。為什麼這所學校就不用刺繡的顏色之類的來區分年級啊？

「你怎麼能放著空攤亂跑呢？剛才有一群拿著傳單的女生跑來看喔～～」

「什麼！」

搞砸了。科學社只有我一個人。出去兜售的話當然就沒有人顧攤了。如此一來，原本能賣出去的也都賣不了……

「……不，算了。」

「為什麼？」

日葵覺得費解地這麼問。

那時我的自尊心已經殘破不堪，實在無法坦率地感到懊悔。

「……反正也賣不出去，不管我有沒有在攤位上都沒差。」

「…………」

日葵手中拿著盒裝飲料。是Yoghurppe（註：一款南日本酪農乳酸飲料）。我國小的時候也很常喝。她含住吸管喝了一口。

「哪有～～就是賣掉了啊～～？」

「咦……！」

我驚呼了一聲。那根本是怪聲了。

她是在捉弄我嗎？不，感覺起來不像那樣。

「不是啊，為什麼……而且我不在攤位上耶！」

「啊，也有確實收錢喔。我暫時幫你保管起來了～～」

日葵發出窣窣的聲音，吸乾了Yoghurppe。她仔細地攤平喝完的紙盒，接著收進口袋裡。這種很有教養的舉動，她做起來格外自然。

她接著拿出了一只茶色信封，朝我遞過來之後說：

「給你，這是十五人份的款項喔。」

「十……！」

我連忙打開來看。

一千、兩千、三千……總共有一萬一千五百圓。

天啊。這麼一大筆錢，我只在過年收到的紅包裡看過……

「呃，等等。這是……那個……」

「啊，她們十五個人總共買了二十七個。」

「這、這樣金額好像……？」

「算錯了嗎？」

我拚命地猛點頭。

「沒算錯吧～我想想喔，由由買了耳環跟髮夾，小麻買了書套跟書籤，安住學姊也買了三個左右喔～」

她一邊咯咯笑著，接連說起銷售明細。

她們真的一個人都不只買一個嗎？對國中生來說，五百圓也是滿重要的一筆零用錢耶。

但她說的那些商品真的不見了……

突然間是怎麼了？我今天拚命賣了一整天，也只賣掉五個而已耶。然而在我離開攤位的這一個小時內，竟然就賣了二十七個？

……難道我的長相就這麼難看嗎？雖然不是對自己的外表多有自信，還是覺得很受傷。

「欸！」

她突然間就把臉湊近看了過來。

被她這樣正面盯著看，讓我嚇到心臟差點停了。

……她就是個面容姣好的女生。

感覺沒有化妝。但該說是品行嗎，她的一舉一動都散發出天生受到良好教養的氣質。

一頭長髮隨著稍微彎下身子的動作輕輕飄逸。感覺就像京都著名的枝垂櫻隨風擺盪的樣子……不，我自己也覺得這個比喻好像不太對。但對我來說，花還是身邊最親近的東西，因此也無可厚非。

「夏目同學，你為什麼不看著我呢？」

「沒、沒有啊……」

我不禁撇開了視線……誰教我就是不擅長跟美人應對。

「啊。比起這個，我要答謝妳幫我顧攤……」

「不不不，不用啦。我也是剛好閒著沒事啊～～」

「話、話不能這樣說……」

「嗯～～那不然，請你告訴我一件事好了～～」

日葵這麼說，便在沒有任何的徵兆下，觸及了事情的核心。

「你為什麼非得賣一百個才行呢？」

「咦，妳怎麼會知道這件事？」

「科學社的佐藤老師說的。」

「我、我的隱私……！」

那個大叔該不會看她是個美少女就說了吧！

我自己陷入苦思時，日葵又再次湊近看著我的臉。就算我轉向另一邊，她也跟著靠了過來。

「欸，為什麼嘛？」

她燦爛地笑著。

那是非常漂亮的笑容。感覺就像在說「呵呵呵～～這麼可愛的我叫你講，你就放棄掙扎全盤托出吧」。不，看起來確實很可愛，但沉默的壓迫感也讓我覺得很可怕。

「…………」

說真的，我並不太想講這件事。反正一定只會又被瞧不起而已。

但是……二十七個的情義很重大。

「我的夢想是開一間販售這種花卉飾品的店。為了籌備資金，我跟父母說國中畢業之後就想出社會工作。但父母卻要我去念高中，以後要成為公務員。因此就以這次校慶賣掉一百個自己做的飾品為條件，希望他們能答應隨我去做……」

「…………」

怪了。沒有反應？

日葵眨了眨一雙大眼，一臉讓人看不出情感的樣子。

喂，等等。都要我將這麼害臊的事情全盤托出了，總不該這樣毫無反應吧。我也知道這種話會讓人聽了不禁退避三舍。但該怎麼說呢，真的那樣想的話直說也好……

「……噗哈～～！」

「咦？」

日葵突然就噴笑了出來。

「啊哈哈哈哈！廢話。聽到自己的孩子規劃出這麼有勇無謀的人生藍圖，父母一般來說都會阻止好嗎～～這比說想成為明星店員還扯耶～～」

大爆笑。

一個讓人覺得清新脫俗的美少女在眼前捧腹大笑。直到剛才那種空靈的印象一口氣全都瓦解了。就另一層意義來說，我實在不敵這股氣勢……但連這樣的動作看起來都很有氣質，讓我莫名覺得很狡猾。

日葵笑個不停，還一邊擦去眼淚。

「笨蛋。」

「少、少囉嗦。」

「真是個笨蛋耶。笨蛋～～」

儘管被第一次見面的女生隨口謾罵了一番，我心中卻莫名地覺得有些高興……不，這並不代表我是個被虐狂。

這讓我體認到日葵這個女生有著就算突然展現出熟稔的態度，也令人感到舒坦的特質。

「你這樣的飾品還有幾個？」

日葵忽然這麼問道。

「呃，距離一百個還差六十八個……」

「就這樣而已嗎？」

「什麼意思？」

「永生花飾品很容易壞掉，你應該有準備備用的吧？」

「我姑且有準備了五十個備用品……」

「那就是還有一百一十八個啊～～嗯，這點數量應該沒問題吧～～」

我不懂她這番自言自語是什麼意思。

「你就做好準備，等著明天賣光吧～～」

日葵留下這句話，揮了揮手就走出科學教室。

被留在科學教室的我，只能一陣茫然。

……就在隔天。

校慶第二天的下午四點過後。

剛好就跟昨天遇見日葵同樣的時間。我累癱地趴在科學教室的桌子上。

桌上擺了一個告示牌。

「花卉飾品已全數售完」。

明明準備得很起勁，昨天卻連作夢都沒想到這個真的會派上用場。展示在這間科學教室裡的飾品賣到一個也不剩。庫存也全部清空了。

甚至不像昨天一樣有時間到外頭兜售。今天只能顧著不斷結帳，甚至連午餐都沒有吃。雖然肚子餓了，卻也沒有力氣再去買東西。

（為什麼會突然大賣啊……？）

我完全無法理解。

前來購買的人不只是學生而已。第二天是星期日，也有來逛校慶的校外客人。他們一出手就很闊氣。當中特別多是附近福祉大學的女大學生們。

那些成熟的大姊姊們走在校內，身上穿戴些什麼都很引人注目。這讓女同學們有所耳聞，便來到了科學教室。而那些學生們要是有參加樂團或是戲劇表演，就會吸引更多學生的注意。

結果就導致飾品全數賣完了。

「啊——！該不會連我的份也沒了吧！」

聽見這聲驚呼，我抬起頭來。

日葵一臉茫然的樣子，看著眼前空蕩蕩的展示櫃。她毫不客氣地從背後猛搖著累癱地趴在桌上的我。

「欸，那個呢？黃色的那個！」

「呃，黃色的哪個啊？有很多耶……」

「頸飾啊！不是有個裡面有泡泡的！」

「……有泡泡的頸飾？」

我有印象。我從庫存的箱子裡，拿出最後一個花卉飾品。

有著小巧可愛的五片白色花瓣，以及黃色的花蕊。

鵝掌草。

這是山地野生的多年生草本植物。由於會在一根花莖上開兩朵花，因此也被稱作「二輪草」。這並不是我從種子開始種起的，而是不知不覺間就綻放的花朵。

將鵝掌草做成永生花之後，再用一種叫樹脂的透明液體封進菱形的飾品中。像是琥珀般加工過後，便將它銜接在頸飾上。

然而，這是個失敗品。樹脂當中混入了大量的氣泡。說真的，拿出來賣只會造成負面評價而已。但整體看起來還不錯，所以之前就將這個飾品單純作為樣品拿出來展示而已。

看到這個，日葵的雙眼都亮了起來。

「啊～～太好了！我昨天不小心忘記買了～～！」

「……這是失敗品耶。」

「為什麼啊，為什麼？超可愛的耶！」

「妳、妳喜歡的話就送給妳吧。畢竟是失敗品，我也不想收錢……」

「真的嗎？夏目同學，你人真好耶！」

「哇啊！」

突然間就被她從背後抱了上來，害我整個人都差點跳了起來。

……嚇死我了。High咖與人之間的距離感真是不得了。

「有幫忙真是太好了。運氣真好。」

「妳說幫了忙……這些東西之所以會賣完，果然是妳做了什麼嗎？」

「呵呵～～究竟是怎麼一回事呢～～？」

日葵心滿意足地收下之後，立刻就戴在脖子上。

她清新脫俗的容貌，跟那個飾品很是相襯。而且正因為裡面混入了氣泡，讓我覺得反而更貼近她給人空靈的印象。

……這也就是所謂的化學反應吧。就算是失敗品，適合的人戴上之後，看起來就會這麼像樣。這讓我由衷佩服。

然而日葵接下來的炸彈發言，讓這股欽佩的心情消失殆盡。

「其實我之前就看上這個頸飾了呢～～夏目同學，你在科學教室灌樹脂的時候，我就一～～直在看了。」

「啊？妳、妳是從哪裡看到的……」

「走廊的窗戶。夏目同學，你根本沒有發現我對吧？」

「沒發現……」

「我甚至還有跟你搭話喔。」

「真的假的！」

「完全被你忽視就是了～～還真沒想到直到昨天為止，你甚至都不認識我耶～～」

「真、真是抱歉……」

完全沒有印象。

我從小就常被說只要專注於某件事情，就會顧不得周遭的狀況……沒想到甚至被學校的同學那樣參觀都不知道。

「那我們走吧。」

「咦？要去哪裡？」

我這麼一問，日葵便揚起了笑。

「我們兩個的慶功宴呀♡」

……我後來才知道。

這個名為日葵的女生，是這所學校相當出名的同學。

人稱「魔性之女犬塚日葵」。

不分男女，無論學長姊還是學弟妹，甚至連老師都逃不出她的手掌心，可說是全校最受歡迎的女學生。

而且她還有著相當高格調的血統。

她的老家是從大正時代延續到現在的大地主。

祖父曾任國會議員，父親更是現任外交官。

兩個比她年長許多的哥哥，分別是新銳民意代表及公所當中升遷最快的人。

昨天晚上似乎有個相當受歡迎的讀者模特兒，在Twitter上公開了這個花卉飾品，還順便宣傳是在這場校慶中販售的東西。那個讀者模特兒是日葵哥哥的同學，因此看到這則貼文，也是她學妹的那些女大學生才會群起前來。

與其說是慶功宴……在作為回禮而踏入的摩斯漢堡中，看到那個跟我的跟隨者差了好幾個零的帳號，不禁覺得有些嚇到。在Twitter上也有很多購買回報，以及「這是在哪裡買的呢？」之類的問題。那甚至讓我擔心起自己的隱私權問題。

「太厲害了……」

「才不厲害、才不厲害。我只是有點會『撒嬌』而已～～」

這麼說著，日葵的表情也笑了開來。

那抹笑容也十分自然，完全不會令人覺得反感，但這點更是厲害。

「妳為什麼要幫我呢？」

「嗯～～？」

一邊吸著奶昔，日葵說出了奇怪的話。

「我才沒有幫忙呢。我又不是在同情你。」

日葵滑著Twitter，一邊繼續說了下去：

「因為我希望這個能夠大賣，所以才去拜託哥哥而已。我並不是覺得夏目同學可憐才會替你銷售，這話可不能搞錯嘍～～」

「…………」

她就是個會若無其事說出這種話的人。

接著她放亮了雙眼，說出更不得了的話：

「你就開間花卉飾品專賣店嘛。我也會幫忙喔。」

「啊？」

她在說什麼？

我用這樣的眼神看過去，她便有些沾沾自喜地說：

「我啊，從小到大沒有什麼辦不到的事情呢～～不管是學習還是運動都有不錯的表現，長得又可愛。不但具備社交能力，也很受大家的喜愛，而且還很可愛嘛。」

「犬塚同學，妳是故意說自己很可愛兩次吧？」

呃，就算妳對我露出笑咪咪的表情，我也覺得傷腦筋。

不好意思，我不是那種可以立刻回上一句「對啊，世界第一可愛呢」這種話的類型。

「但其實我做的事情，就結果來說都只是稍微借用了別人的力量而已。所以像夏目同學這樣專注又拚命的態度，讓我覺得很憧憬～～」

「呃，妳又是知道我什麼了……」

這時她的雙眼閃現一道亮光。

她感覺就像正在等我這麼問一般，開始侃侃而談：

「夏目同學，我知道在園藝社廢社之後，每天都是你去整頓沒人照料的後院花圃喔。那個飾品，打從素材就是親手做的對吧～～」

被她說中了。

而且日葵更繼續揭發我的黑歷史。

「我也知道你有替每一朵花命名。為了準備校慶，你一朵朵剪下時還一邊大哭了吧～～」

「妳、妳都看到了嗎？」

「還有，澆花時會跟花說話這點更是加分呢～～『今天也很可愛喔』、『只有你們是我的搭檔』、『就算分隔兩地我還是愛著你們』之類？你為什麼有辦法對著花說出那麼帥氣的台詞呢？」

「乾脆殺了我吧……！」

見我這麼痛苦地扭動著，日葵笑得更開懷了。

「其實我原本真的只是想買飾品而已，沒想到狀況比我想得還要悲慘嘛～～我想說那還真是不妙，就忍不住對哥哥提出『一生一次的請求』了耶～～」

「一生一次的……請求……？」

「沒錯。一生一次的請求。這可是非常珍貴的機會。」

她再一次由下往上地抬起眼神，朝我看了過來。

「所以呢，好希望夏目同學可以負起責任喔～～」

「唔……！」

她這句話帶給我像是側腹遭到一拳重擊般的感受。確實繼續照昨天那個樣子，現在不知道會變怎樣……不，那種事情顯而易見就是了。

現在想必會看著眼前堆積成山的庫存，獨自陷入消沉吧。

「妳所謂的責任，具體來說是……？」

「嗯～～？」

她將食指抵著下巴，微微歪過頭的動作也很可愛。

接著，她用甚至令人感到耀眼的笑容說：

「把你的雙眼給我吧。」

這讓我的背脊竄上了一陣冷顫。

見我一個不小心捏緊了手中的漢堡，日葵忍著笑意補充說道：

「我可沒有血腥虐殺的興趣喔。」

「呃，這我也知道。應該說，要不是這樣我可就傷腦筋了……」

日葵拿著薯條，沾了一口從我拿著漢堡的紙袋滴淌下來的照燒醬。她毫不遲疑地放進嘴裡，並一邊說著「夏目同學，雖然從臉上的表情看不出來，但你都會做出很大的反應，真是不錯。這點很加分喔」這種不知道是在稱讚還是在貶低我的話。

吃了薯條之後她又吸了一口奶昔。沾在唇邊的照燒醬跟白色的奶昔混在一起……讓我不禁覺得實在有點性感。

也不知道我正想著這種事，日葵一臉認真地說：

「我很喜歡你在製作花卉飾品時的眼神。滿懷對於飾品的熱情，看起來閃閃發亮的。不但率直，也很漂亮。」

「眼神……？」

日葵發出聲音地吸著奶昔。

一邊開心地捏著吸管，她「呵呵呵～～」地笑了起來。

「所以說，你那樣熱情的眼神只要看著我就好了。讓我獨占嘛。如此一來，不管你做了多少

個飾品，我都會幫你賣掉——我們就成為這樣的命運共同體（摯友）吧？」

「…………」

我保持沉默，並點了點頭。

說真的，我並不是很理解日葵在說什麼。之所以會答應這個提議，也不是因為被她那番想像力豐富的話給感動……反倒是「啊，要是拒絕了，這傢伙不知道會做出什麼事情來」這樣的恐懼感比較強烈。

但我也不由得產生了——想跟日葵「成為朋友」的念頭。

因為，這還是我有生以來第一次遇到看出我的自我價值的人。一直以來，別說是朋友了，就連家人也無法理解我唯一會「傾注熱情」的事物，她卻明確地對我說出「喜歡」。

她脖子上的頸飾，像是主張著存在感一般散發光芒。

鵝掌草的花語是「友情」、「協助」——以及「永不分離」。

曾幾何時，我覺得這樣的鵝掌草肯定是個可靠的帥哥。

但我現在卻覺得日葵這個女生，簡直就像鵝掌草化身為人出現了一般。要是這樣還不落入她的掌中，才是哪裡不對勁吧。

當我自己覺得小鹿亂撞時，日葵「啊」地輕呼了一聲。

接著，彼此之間的氣氛忽然間就動搖了……與其說是動搖，應該說是「回歸原樣」吧。直到剛才的那種認真的氛圍煙消雲散，她露出了在科學教室看過的那種親近笑容。

「當然不可以有戀愛情感喔～不然會很麻煩吧？戀愛這種東西，感覺就像會破壞一切的劇毒一樣。所以說，我們之間不能產生那種情愫喔。」

直到剛才還說著扣人心弦的歌詞般的台詞，話鋒一轉，立刻就變成很世俗的內容了。

……不過，我明白她想說的。我也認同一般來說，商業跟戀愛應該要有所切割這點，是一番很重要的理論。

「夏目同學，你覺得如何？辦得到嗎？」

在桌子底下，她的腳尖輕輕踢了過來……不過像日葵這麼可愛的女生，又會自然地做出這種事情，通常都會喜歡上她吧。總覺得她和人之間的距離也很親近，該說有點社團破壞者那種氣質嗎？

日葵感覺很開心地用雙手撐著臉頰，一邊搖頭晃腦的。那頭美麗的長髮也隨之左右飄逸。

「還是說，難道你喜歡我嗎？已經喜歡上我了嗎～～？」

「…………」

「哎呀」地輕呼了一聲，日葵不禁皺緊眉間。

見她露出感到意外的表情……這讓我體悟到今天聊到現在，我終於有機會可以扳回一城了。

「我不擅長跟美人應對耶。我家的姊姊們都非常漂亮又受歡迎……但我從國小開始就一直聽

她們在家抱怨起男朋友的那些嚇人真心話，讓我覺得薔薇類型的女生真的很恐怖。」

「…………」

她愣愣地看著我。

接著搖晃肩膀，再也按捺不住般大笑了起來。

「噗哈～～！薔薇類型的女生？好耶。悠宇果然超有趣的！」

這麼說著，她便笑著戳了戳我的鼻子。

看來最後一件「確認事項」是過關了……是說，忽然間就用「悠宇」稱呼我，也讓我覺得有些心癢難撓。就算沒有抱持戀愛方面的情感，女生突然這樣直呼名字，還是會讓人覺得害羞得要命。

「如果所有男生都是像悠宇這樣的類型就好了呢～～」

「呃，不可能吧。如果是一般男生，到這個階段應該已經迷上三次，而且可能還告白了五次左右。」

「為什麼告白的次數會比較多啊？」

「看到美人總之就會想、想、想做吧……？」

日葵快活地打了一記響指。

「啊～～！有有有！偶爾會有這種人來搭訕呢。通常都是學長或學弟。是說悠宇，你既然會覺得害羞，不用這樣講也沒關係喔。」

「呃，因為犬塚同學很明顯就是High咖吧。我就會想說用這種調調是不是比較好……」

「啊哈哈。你不用勉強自己啦～但像悠宇這種一臉正經的人，滿臉通紅地說出『想做』之類的話實在很可愛，我滿喜歡的喔～」

「謝、謝謝妳喔……不過這裡是餐廳，妳還是饒了我吧。」

像我這樣的男生說這種話就算了，一旦從日葵這樣的美少女口中說出來，真的會被四周看過來的視線刺得很痛，真希望她能放過我。

……但是，該怎麼說呢，有種在面對「理想中的男性朋友」一般的安心感。

「但說穿了，我在懂得戀愛情感之前，就很受歡迎了啊～所以反而變得不太懂呢。我甚至覺得自己今後，可能一輩子都談不成戀愛了。」

「咦？這是什麼意思？」

「可能是很容易讓人誤以為有機會吧～然後就不斷地被人告白，就只有『啊，原來我很受歡迎』這樣的自我意識在成長而已～說不定我都還沒有體會過初戀情懷呢。」

「這個煩惱對我來說太過奢侈了，不過總覺得也很令人苦惱。」

「悠宇，你有交過女朋友嗎？」

「有這種興趣的人，怎麼可能會有。啊，但如果是喜歡的對象……」

日葵的雙眼散發出閃亮的光輝。

她用有點緊咬不放的氣勢，挺起身子朝我問道：

「有嗎？是誰是誰？如果是我認識的女生，不如讓我替你們牽線吧？」

「不要，我絕對辦不到。真的不可能。而且說穿了，我自己也不知道她現在在哪裡……對方是我還在念國小時，出外旅行途中認識的女生。」

日葵「噗」地噴笑出聲。

「你是純愛男孩嗎～～？」

「……我就純愛啊。不行嗎？」

……這樣不太妙。

日葵會毫不客氣地拿對方的弱點來捉弄人。但是，她的語氣當中不含一絲惡意到令人驚訝的程度。簡直就像長年老友般莫名的安心感，害得我差點就不禁坦言各種事情。

「哎呀～～但我們在某方面來說，是不是超像的啊？你也比我想像中還要健談，讓人覺得感受到命運的牽引呢～～」

「我、我們像嗎？」

「感覺無法正常地結婚。」

確實是有這種感覺。

日葵的感性太脫俗了，而我又是個單純的愛花笨蛋。乍看之下都有融入同學們之間，實際上卻格格不入。

若要說這樣的我們會相遇是一場命運的話，那其實還滿令人覺得踏實的。我跟日葵從第一次見面開始，就是如此合拍。

「悠宇啊，要是到了三十歲我們都還單身，乾脆就一起住吧？」

「先不管這麼突如其來的追求，為什麼是三十歲啊……？」

「嗯～～感覺就像總之先拉出來的一條基準線吧？總之，在那之前就專注於我們的目標，一起努力的感覺？」

「哦，原來是這樣……」

確實凡事都需要緩衝。既然要賭上人生，就必須連同失敗……也就是回頭的準備都要列入考慮才行。

「不然到三十歲還單身，就跟我在一起吧？」

日葵用故弄玄虛的態度，由下抬起眼看著我。她的手指還彈了一下已經喝光的奶昔杯。

我輕易看穿了潛藏在那深處的「期待」，並淺淺地嘆了一口氣。

「……我絕對不要跟『日葵』妳在一起，何況我本來就比較喜歡更賢淑類型的女性。一想到回家還是這種感覺，真的是拜託饒了我吧。」

聽見這個回答，日葵一同我的預料「噗哈——！」地噴笑了出來。她一邊說著「這搞不好是我有生以來第一次被甩耶！」，甚至爆笑到有點呼吸困難的程度。

雖然不知道是哪裡戳中她的笑點……看樣子我也確實慢慢學會掌握這個女生的喜好了。

就這樣，我的友誼萌芽了。

曾幾何時，我覺得日葵這個女生會以「摯友」的身分相伴我一輩子。

沒想到這番帶來衝擊又戲劇化的確信，不過兩年的時間就破碎不堪了……不過，這真的讓我覺得人生就是不會凡事都稱心如意。

I

「永不分離」

四月上旬。

升上高二之後沒過多久。

鄉下的春天很是平和。應該說，這種鄉下地方的活動都是以日曆為基準的。這時期就是這麼閒散。

這種日子的放學後，女生們聚在教室一隅雀躍地熱聊著。

「欸～～日葵同學今天早上的那個，不覺得超棒的？」

「我也覺得。未免太可愛了吧。」

兩個人湊在一起看著智慧型手機。

所謂早上的那個，指的是日葵在ＩＧ上的貼文。那是春假時在國道十號旁的咖啡廳拍下的照片。

在帶有清爽感的木質地板上，照片中的人物正拿著新出的日向夏柑橘口味義式冰淇淋。兩邊的耳朵都戴著以鈴蘭做成的永生花耳環。大大的墨鏡底下可以看見一雙藏青色的眼睛，營造出蠱惑的氛圍。在那窗外則是一大片日向灘的湛藍海面。

到了這星期，氣溫一口氣提高了許多。讓人強烈意識到夏季的那則ＩＧ貼文，似乎給人留下非常強烈的印象。

升上高中之後，日葵就開始在ＩＧ上貼文了。

畢竟她本來的素質就很高，還不到一年的時間，粉絲人數就超過五萬，實在令人驚訝。

她在當地也很出名，只要上傳了新的貼文，當天就能看到其他人像那樣熱烈討論起來的光景。甚至只要在放學後去AEON，就會在食品區遇到其他學校的女學生聊著一樣的話題……真不愧是鄉下地方，到底是多缺乏娛樂啊。

而在我隔壁座位……

那個日葵本人正一臉若無其事地在將課本塞進書包裡。

她依然是個散發著奇妙氣場的女人。就連這種鄉間學校的俗氣制服，穿在這傢伙身上看起來就像是名牌的新款服飾一般，真的很不可思議。

在這兩年當中，她的身高稍微長高了一點。而且還是讓人覺得是不是只有腳變長那般，造就

出完美的身材比例，也常會惡作劇般招來男生們的注意。

她的表情也變得莫名帶有性感。形狀漂亮的一對薄唇因為淡色的唇蜜而散發光澤，每當日葵無意間舔了一下嘴唇，就會讓周遭的人不禁為之心動。

那頭流洩的美麗長髮……相當大膽地剪掉了。但現在這樣凌亂得很自然的短髮鮑伯頭髮型，也很適合個性有著天真淘氣一面的日葵。

唯獨那雙透徹的藏青色眼睛沒有改變，杏桃般明亮的大眼……一樣魅力十足。

兩年前那個空靈的美少女也變得更加成熟，然而純真的氣質卻比以前還要顯著。這讓與生俱來就性情乖僻的日葵更是顯眼了。

這時，那兩個女生到日葵的座位旁邊向她搭話。

「這間店是在哪裡啊？」

「只要沿著國道十號往市區方向走，應該馬上就能看到了。這間店的人說這個義式冰淇淋是到秋天前的限定菜單喔～～」

「那這對耳環呢？在AEON買得到嗎？」

「這是特別訂製的，所以一般店家應該沒有在賣吧～～」

「哦～～好棒喔。我也好想要～～」

她朝著那兩個人遞出了一張名片。

上頭只記載著「you」，是花卉飾品創作者的名片。

「網購就能買到嘍。名片上的QR code可以連到網站進行訂購。只要輸入這個優惠碼就可以免運費喔。能使用很多次，妳們先訂一個試試看吧。」

「真的嗎！謝謝妳～～！」

聊著聊著，她們就順勢約日葵等一下一起去玩。

目的地是卡拉OK。應該說，這座城鎮中在放學後要去玩，基本上不是去AEON、卡拉OK，就是壽司郎。

好像滿多人要去的，當中也有換班之後第一次認識的傢伙。應該是想將日葵拉進自己的小團體當中吧。

……當地名門的大小姐權威，到了高中依然健在。

不，應該說甚至更勝兩年前了。她那個在市公所工作的二哥經手的區域開發專案，其中一環的高速公路終於開通了。如此一來要到隔壁縣市也方便許多，犬塚家的聲勢更是高漲。

面對這樣懷著百分之一百二十的親切好意，以及百分之一百二十的盤算所做出的邀請，日葵只是笑咪咪地說著：「嗯～～該怎麼辦呢～～」

總覺得她的視線無意間朝我這邊瞥了過來。

「…………」

我揹起書包，站起身來。

接著沒有特別跟誰打招呼，就這麼走出教室。下課的學生們在走廊上來來往往。也有穿著運動服要去參加社團活動的學生。

我來到位在別館的科學教室，並用從教職員辦公室借來的鑰匙打開門。裡面有六張六人座的桌子。我將書包放在窗邊最前面的桌子上。

科學教室的後方有著一排大型鐵櫃。

我拿出鑰匙打開右邊鐵櫃最下面櫃子的拉門。裡頭擺了好幾個ＬＥＤ栽培機。這是可以讓人在不必擔心害蟲影響的室內栽培植物的好東西。

冬天綻放的花已經採收了。

現在正在種植春季適種的種子或花苗。

孤挺花、薰衣草、石竹、萬壽菊等等……

將所有花卉拍下照片，留下成長紀錄，再換過水之後，園藝社的工作就全都結束了。

接下來是個人活動的時間。

我將收著ＬＥＤ栽培機的櫃子關上，並鎖了起來。接著用鑰匙打開上一層的拉門，拿出了兩個紙箱。

打開其中一個箱子，裡面放滿了全都在百圓商店買來的密封盒。我拿出其中一個，並確認了裡面的東西。

有大量的乾燥劑，以及從溶液中取出的永生花的花被。這是用三色堇的花被加工過後的成品。

我確認了一下花被的色彩。原本鮮豔的黃色呈現出比較深沉的顏色，帶出恰到好處的雅緻感。花瓣沒有劣化，接下來就要看乾燥的程度了……

「嘿咻。」

我又打開了另一個紙箱。

工作時會用到的工具全都放在這裡。我從工具箱當中將鑷子拿了出來。戴上塑膠手套之後，便打開密封盒的蓋子。

接著用鑷子夾出三色堇的花瓣。

「……感覺還不錯？」

嗯。還不錯。

應該說，狀況很不錯。雖然花瓣有點太薄了，好像很容易剝落。

總之，接下來就要小心翼翼地進行……要是花瓣剝落就太可惜了。

「很好。接下來就是重頭戲了。」

準備好桌上型放大鏡。

一邊透過這個，開始著手進行永生花的加工程序。

首先是要將花被穿過耳環的程序。這是最費心思的一個環節。既不能傷到花被，也會影響到成品的外觀。

謹慎地完成這一步之後，就要盡快以黏著劑固定住。

角度、外觀、強度……都沒問題。

接下來就是耳環的基礎了。要拿金屬線或金屬條來加工成耳環的形狀。畢竟用的是黃色的三色堇，就搭配有種清涼印象，帶點藍色的金屬去襯托好了。

最後將基礎的部分跟穿過三色堇的環接在一起。這次是將三色堇的面向配合人在穿戴起來時的正面。想以此呈現出三色堇的花瓣在耳垂上綻放的感覺。

我拿起插上電的烙鐵，要將基礎部分跟環的地方焊接起來。這裡要是出錯了，至今做的每一道程序都會白費。只要烙鐵的尖端稍微碰到花，立刻就會焦掉。

科學教室內一片寂靜。

可以聽見管樂社在練習的演奏樂聲從遠方傳來。這樣的寂靜讓我覺得很舒坦。江戶時代的劍客在要展開決鬥的時候，會不會也是這種感覺呢？

……堂堂正正地一決勝負吧。

我讓烙鐵的尖端緩緩靠近要焊接起來的地方及焊料。在稍稍碰到之後，就立刻抽離……感覺有點不夠密合，看來一次無法完成啊。再做第二次……雖然焊料的圓珠變得有點大，但沒關係，這不會影響到花給人的印象。

最後再將焊料的部分塗上鈍化液，以防止腐蝕並讓它著色。如此一來，就算顏色多少會產生一點變化，也能遮掩過去吧。

完成單只了。我將它拿到桌燈底下照光確認。

「……ＯＫ。」

我擦去了臉上的汗水。

做完飾品的這個瞬間，無論要體驗幾次都好。這種獨自一人的世界，也可以說是與外界隔絕開的感覺。

總之，我很喜歡像這樣獨處的時間。

雖然姊姊她們都說我這樣很陰沉，既然天生就是這樣的性格，那也沒轍。我是個創作者。能夠愛著孤獨，才正是面對了自我……

「哦～這次也做得很可愛嘛～」

「……唔！」

我的這份寂靜在沒有任何徵兆下就遭到破壞了。

兩隻纖纖的手臂從我背後伸到前方來，接著便交疊著彎起雙手，從後方抱住了我的脖子。

那個人是日葵。她抱著我的脖子，隔著肩膀俯視著我手邊的飾品。

「呵呵呵～～嚇到你了嗎？」

隨著她稍微歪頭的動作，飄逸的髮絲輕搔著我的臉頰。閃閃發亮的那雙藏青色的眼睛，直直地朝我回望過來。

從國中開始就一直戴在她身上的那條鵝掌草頸飾，也散發出細微的光輝。

「日葵，我手上還拿著烙鐵耶，不要突然抱過來啦。而且妳是什麼時候來的啊？」

「大概一小時前就在了喔。就算跟你說話你也都不理我～～」

日葵伸手關掉了烙鐵的開關。她像在表達「接下來就是陪我玩的時間了」一般，悄聲地在我耳邊低語：

「悠宇這個笨蛋。」

「呃，但我還有一只還沒做耶……」

「我今天已經享受夠悠宇閃閃發亮的眼睛了，所以要關店嘍～～也請你努力討好搭檔吧～～」

「好、好啦。妳不要在我耳邊講話……」

日葵吸著Yoghurppe的盒裝飲料。

接著順便就從裙子的口袋裡拿出另一瓶Yoghurppe。她將吸管塞進我的嘴裡，我滿懷感激地喝了起來。

啊啊，好潤喉。剛才一直集中注意力在製作上頭，這才發現自己喉嚨好乾……不過可以的話，比起乳酸菌，如果是寶礦力之類的就更好了。

「日葵，剛才不是有人約妳去唱歌嗎？」

「那個啊？我拒絕啦。」

「他們難得約妳耶，真可惜。那當中也有第一次同班的人，跟他們一起去玩也好吧。」

「嗯～～那樣也是不錯啦，但悠宇你都投來嫉妒的眼神啦～～」

「我才沒有。妳不要隨便捏造我的心情。」

日葵燦爛地笑了起來。

好像有種「都將可以獨占這麼可愛的我的好運分給你了，給我表現得再開心一點啊，小心我殺了你喔」這樣的感覺。確實是很可愛沒錯，但強迫推銷好運根本是詐欺犯的手法吧。

「說是這麼說，你還是投來那麼熱情的視線不是嗎～～」

「我只是回想起國中校慶那時的事情而已。那個時候妳的頭髮還很長呢。」

「要說起來，悠宇你則是長高了很多耶～～那個時候我是不是還比你高了一點？」

「…………」

我試著站起身來之後，雙手還掛在我的脖子上的日葵「呀——！」地喧鬧著，雙腳還拍打了

起來……確實與其說日葵沒什麼長高，應該是我長高太多了。

看了看時間，已經超過五點。

「是說啊，妳也該放開我了吧。」

「我可不會乖乖聽話喔～你的背（這裡）是專屬於我的位子嘛。」

「什麼啊……」

不過，這種事也習以為常了。

「……平日的效率果然很差啊。要是可以在家處理，就能輕鬆多了。」

「悠宇你房間還是不能做事嗎？」

「我家的貓又在我做事情的時候跑來玩花了。就算換地方放，也馬上會被那傢伙發現。」

「啊哈哈。那在我家做就好啦。反正還有空房間，你就拿去當作工作室嘛。」

「我才不要。妳哥動不動就會叫很貴的壽司來。」

像那樣舉家歡迎的感覺，對青春期的男生來說反而很煎熬……不過我本來還以為鄉下地方的掌權者會是更嚇人的印象。

「而且最近連花都要趕不上了。」

「那花也從花店進貨就好啦。」

「但我還是想做出自己對品質有把握的東西。」

「……哦～～是喔。」

呃，為什麼妳會覺得開心啊？

跟日葵相處了這麼久，我到現在還是不太懂這傢伙會開心的點在哪裡。

更何況我甚至沒想到在過了兩年的現在，她竟然真的還是我的摯友。畢竟日葵的朋友很多，我還以為像我這種人，她很快就會膩了……

「不管怎麼說，這都是多虧了日葵的ＩＧ。」

日葵介紹的那個「you」，其實就是我。

ＩＧ也不是她基於自己的興趣，而是為了宣傳我做的飾品才開始使用。

就像今天早上那個義式冰淇淋的貼文一樣，日葵在所有ＩＧ貼文的照片中，都戴著我做的花卉飾品。在日葵的帳號上會介紹販售網站，喜歡的人就會前來訂購。

這是為了籌備開店資金，同時又能宣傳花卉飾品的策略。

國中的時候我們嘗試過各種方式。像是頻繁到附近的慈善市集擺攤，或是將製作過程上傳YouTube之類……結果，這個方法才最有成效。說到頭來，「美少女×花卉飾品」還是最簡單明瞭吧。

「這麼說來，日葵啊。之前聯絡妳的那個藝能經紀公司後來怎麼樣了？」

「喔～～我說在高中畢業之前都想留在老家這邊，所以拒絕他們了。」

「真的假的，太可惜了吧。」

「啊哈哈。要是做到那種程度，可就沒辦法這樣替悠宇宣傳飾品了嘛～～」

「對方都說要到這個鄉下地方來見妳了。」

「嗯～～要是被全世界發現我這麼可愛，那還得了～～你想，說不定會有對我一見鍾情的石油王來向我求婚吧？如此一來就會引發正妻爭奪戰，最後悲劇收場了嘛～～」

「妳到底是哪來的那種過大自信啊？沒人在擔心會發生這種事情好嗎？」

日葵一臉開心地看向我手邊，同時發出喝完盒裝飲料的聲音。

她說著「喝完就給我吧？」，並順手就將兩個紙盒摺疊起來收進口袋。

「不是啊～～畢竟我跟悠宇是命運共同體（摯友），要是悠宇結不了婚，我就得負責才行呢～～這樣也會對你家家長過意不去吧？」

「日葵，妳能不能別再提起這件事了啊？每次妳隨口這樣講，妳哥都會跑來叫我『弟弟！』，讓我覺得很受不了耶。」

「又沒差，你就成為他弟弟啊～～」

「我才不要。光是妳就夠麻煩了，我哪有辦法再去應付跟妳差不多吵的哥哥啊。」

「別擔心啦，我們家超大的。就算三代同堂，想確保自己的隱私空間也不成問題喔。」

「為什麼自然而然就變成要跟哥哥一起住為前提啊？」

到了那時候可能真的會變成她說的那樣，所以才更令人覺得恐怖。從早到晚都要待在被跟日葵有著相同ＤＮＡ的人包圍的環境之中，根本只是一種懲罰遊戲吧。

「不想變成這樣的話，悠宇你先結婚不就沒問題了。進高中都已經一年了，好歹也有個喜歡的對象吧？」

「……不，那倒是……」

「什麼～～你該不會還忘不了那個初戀的女生吧？」

「少、少囉嗦啦。並不是忘不忘得了這種問題。只是應該很難再有比那更讓我衝擊的邂逅了吧。」

「讓人衝擊的邂逅啊～～我記得是你在植物園迷路時出手相助的女生吧？」

「是啊。那個時候，我們一起看的扶桑花真是漂亮啊。她是個穿著白色洋裝，感覺很沉穩的可愛女生。她自己也迷路了，便一直跟在我身後抓著我的袖子，實在太可愛了。」

「…………」

日葵一直緊盯著我的側臉看。

然後用好像很嚴肅的感覺，伸手戳著我的臉頰。

「……有件事我一直很想說耶。」

「什、什麼事啊？」

日葵「嘿！」地冷笑了一聲。

「那個女生該不會只是你內心噁心的妄想吧？」

「小心我殺了妳。」

「或者是你太喜歡花了，才會看到這樣的幻覺……」

「能不能請您解釋一下這跟噁心的妄想哪裡不一樣？」

「這種夢想家的氣質可說是悠宇的魅力所在呢～但你也差不多該把目光放在現實中的女生身上了吧？」

「怎、怎樣啦。這種事情，又沒差……」

「但就算你跟初戀的女生重逢好了，卻還是個處男，不就會顯得很遜嗎？」

這句話狠狠刺進了我的心頭。

就連在收拾的器材都一個不小心沒有拿好。

「沒差啦！反正我也不覺得可以跟她重逢啊！」

「嗯——竟然完全沒有想要掩飾身為處男這點啊。我就是喜歡悠宇這樣的一面喔。」

「說穿了！還不都是妳在學校裡面一直黏著我，當然會被別人以為我有女朋友啊！」

我做出盡全力的反擊。

但日葵只是遮住嘴邊，竊笑著拍了拍我的胸口。

「是這樣嗎～～？我時不時就會交到男朋友耶。應該只是悠宇的費洛蒙不夠而已吧？別怪在我身上啊。」

「就是那些被妳甩的傢伙們放出奇怪的謠言好嗎？為什麼我非得被妳男朋友四處散播那種我橫刀奪愛搶走妳一樣的假消息啊？」

「是因為那個吧？我在男朋友面前一天到晚都在聊你的事情，才會變成這樣嘛。」

「真的讓我有夠困擾耶，拜託妳別再這樣做！我都不知道學校哪裡還有地雷了！」

「因為我又不是喜歡那些男朋友才跟對方交往的嘛～～」

「那妳是為什麼要跟人家交往？」

「嗯～～殺時間？」

「我的天啊。妳這種個性真的讓人不敢恭維。」

「啊哈哈。我到現在還是不太懂戀愛這種情感嘛～～」

自從國中那場校慶之後，已經過了兩年。

我們兩個在戀愛方面還是沒有任何改變。

「不過，維持現狀也不錯啊。等我到了三十歲的時候，如果沒人要可就傷腦筋了～～」

「妳真的打算在我開店之前都不結婚嗎？」

「說到頭來，我本來也沒有結婚的打算就是了～～但如果悠宇先結婚，感覺我真的會被逼去

相親呢～～唯有這點拜託饒了我吧。」

「妳可不要拿我當藉口喔。相親還是怎樣都好，妳快給我嫁人去。」

「對象可真的會是個大叔喔。悠宇，難道你覺得我嫁給一個跟爸爸年紀差不多的男人也沒關係嗎？」

「咦？真的假的？」

「嗯。我這身年輕貌美的肉體，會被大叔那雙鹹豬手玷汙……」

「呃，喔。妳真的時不時就會說出這種連我這個男生都會退避三舍的情色用詞耶……」

「我是個色色的女生，真是抱歉嘍。」

「妳不是這種可愛的形象吧……」

硬要說起來，感覺比較像是在荒涼的公園中撿到A書的國中男生吧。

給我一種在跟只對「○○學長跟他女朋友在××做愛耶」之類的消息特別敏銳的男性朋友聊天的感覺……明明是這麼漂亮的美少女，真的一點也沒有讓人心動的感覺。

「是說都什麼年代了，真的還會有相親這種事嗎？」

「有啊～～搞不好等我高中一畢業，馬上就會安排好幾場了。像是照片之類的東西，說不定已經在認識的人之間流傳嘍。所以關於未來的出路，我才沒有做出任何決定啊。」

「啊～～這麼說來，高一要填寫志願調查表時，妳交出一張白紙然後被罵了對吧……」

「老師說不管怎麼樣都要先寫點東西，我就寫了『悠宇的老婆』，結果被罵了……」

「那被罵也是應該的。」

不要隨便搬出別人的名字好嗎？

難怪從那個時候開始，老師就常問我「有沒有帶在身上？」，做這種莫名的確認。不好意思，現階段就算我帶在身上也沒有要特別拿出來使用的打算。

「……不過，原來到了令和這個時代，還是會有富裕人家之間相親這回事啊。」

我真的覺得有夠落後。誰會想被套上這種方式去決定自己的人生啊？

而且對象竟然還是年紀大了兩輪的人……

「不然，到時候妳就拿我當藉口吧……反正我們是摯友嘛。」

說著這種帥氣的話，我回過頭朝她做出一個帥氣的表情。

結果日葵整張臉紅了起來，拚命地忍著笑意。她像隻松鼠般鼓起雙頰，身體也顫顫地抖了起來。

看她這個反應也讓我察覺到……我被耍了。

「噗哈——！騙你的啦～～♪」

「可惡，我揍妳喔！」

「都什麼時候了，怎麼可能還會有那種相親啊。你是不是色情小說看太多了～～？」

「是妳自己說起什麼鹹豬手的耶！」

日葵笑了一陣子之後，摸著我的頭，把頭髮弄個凌亂。

「別擔心，我不會中途拋棄你的啦。我還想好好享受這個專屬座位一陣子啊～～」

這時環抱著我脖子的那雙手漸漸加重了力道。

我拍打著她的上臂發出抗議。

「我的脖子～～妳那個專屬座位，脖子要被勒爆了啦～～」

「全日本脖子最好抱的男人～～」

「那是什麼名聲啊？我一點也不開心喔。」

「還有全日本手臂抱人最舒服的女人～～」

「有嗎？以這樣的名聲來說，妳的手臂也太細……唔咕！妳……等等……妳別用力啦！」

當我們就像這樣玩了起來的時候，下午六點的鐘聲響起。

運動類的社團可以在學校留到晚上八點為止，但文化類型的基本上就只能到這個時間。這棟別館的教室也會開始一間間地上鎖，必須在那之前離開學校才行。

「今天就做到這邊吧。」

「也是呢～～」

「講什麼風涼話，妳也給我過來幫忙。」

然後也該放開我的脖子了。拜託妳用自己的雙腳站好。而且不要掛在那邊懸空地喧鬧起來。再這樣拖著整個人，我的脖子真的會被緊緊勒住。

「那麼，日葵同學。要來進行放學點名了喔。工具ＯＫ。」

「花ＯＫ～～」

「上鎖ＯＫ。」

「回家路上去個麥當勞ＯＫ～～？」

「嗯——我比較想吃壽司耶。」

「啊，是喔。那我就傳LINE給哥哥嘍。就說『今天悠宇想吃壽司的樣子，去買那個很貴的回來吧～～』……」

「回家路上吃個壽司郎就好了！知道嗎？真的！」

「……唉，這個弟弟真是不領情耶～～」

誰跟妳弟弟。

鎖上科學教室的門之後，我們離開了學校。

這就是我跟日葵的日常。

是這兩年構築起來的，我們的小小世界。

而且這樣的關係，可說是發展得非常順利。然而就在隔天，這樣的齒輪卻開始失控了。

♣ ♣ ♣

在那之後過了整整一天，到了隔天的放學時間。

日葵去參加班級會議。

她有很多這類事情。由於在我面前她是那副德性，所以很容易忘記，但日葵其實是表現出優等生的形象。像班級會議或是志工活動之類的，她也都滿積極地參加。

……不過，主要應該還是要幫她家撐起面子吧。生在有錢人家也真是辛苦。

在去科學教室之前，我來到自動販賣機前買Yoghurppe。平常日葵都會塞給我喝，害我也變成乳酸菌的俘虜了。

將硬幣投入自動販賣機，按下按鈕。一瓶盒裝飲料便落到取出口的地方。

「偶爾這麼安靜也很不錯呢。」

雖然跟日葵相處時很開心，但爸爸說過可以享受寂靜的樂趣才是真男人。我知道那只是他說不過媽媽的藉口，不過這句話本身很有韻味，我並不覺得討厭。

「……嗯？」

這時，有個女學生從正前方走了過來。

她有著一頭偏紅的黑色直髮。

有著一雙細長的眼，是個讓人覺得有點難以親近的女生。

制服穿得鬆垮垮的，胸口還開得很低。

從她的領帶顏色看來，跟我一樣是二年級的學生。

我不知道她叫什麼名字。去年應該也沒有跟她同班才對。

……真是個超級美人。

就算同樣是美人，日葵是屬於讓人感到平靜的那種類型。就像是居住在寂靜森林裡的妖精吧。在遊戲中跟旅人相遇之後，感覺會替旅人恢復體力的那種存在。

但這個黑髮女生則是一種銳利小刀的印象。說得簡單點，就是很現代的那種女生。感覺會在背地裡若無其事地說男朋友的壞話。有著跟我姊姊們一樣的氛圍。

「…………」

她直直朝我瞪了一眼。

糟糕，被發現我在看她了。我連忙撇開了視線……我就只是個市井小民啊。

順帶一提，我很不擅長應對美人，但我很喜歡。

……聽起來雖然超矛盾的，說穿了就是「可以成為飾品靈感的參考呢」這層意思。要實際跟對方說話之類的就太可怕了，我辦不到。美人不要開口才是最棒的。

就連這個瞬間，我也試著想像了適合那個黑髮女生的飾品。

瞥了一眼的印象是「會刻意打扮的時髦女生」。臉上帶著完整的妝容，也不忘配戴上可以更襯托出她的容貌的飾品。髮夾、項鍊……臉部以上這樣的數量很剛好。畢竟飾品也不是戴越多就會越好看。

如此一來，還有我的飾品可以介入的餘地就是脖子以下了。她手上有擦指甲油，要是戴上戒指，搶眼的東西就太多了。如此一來，目標就只能放在手腕吧……

（對對對。正像那種鬆鬆的手鍊……咦？）

我眼前注視到的，是她放在肩揹著書包上的左手。她的手腕正戴著我做的飾品。

曇花。

白色的花瓣大又帶著光潤感，可說是美麗代名詞一般的花。其花語也很符合這份美貌。「豔麗的美人」、「虛幻的戀情」，以及——「就算只有一次，也想見你」。

……我還記得。

曇花的花被有手掌心那麼大，加工成永生花之後，我就將花瓣跟花蕊分開做成飾品。那就跟日葵的頸飾一樣，先用樹脂固定成愛心形狀之後，再用金屬手鍊接起來。

這是兩年前在國中校慶上賣掉的飾品之一。是那個時候我盡全力的傑作。因為花語太有感了，也是讓我印象這麼深刻的原因。

……原來除了日葵之外，也有其他人還戴著那個時候的作品啊。

不同於赤裸裸的永生花，經過樹脂固定的東西，只要沒有疏於保養，都能用上好幾年。

但那終究只是飾品而已。對女性來說，飾品是一種邂逅於當下的存在。換句話說，就是很快就會覺得膩的東西。除非是像結婚戒指那樣有著特別的意義，不然會一直戴著同樣東西的，應該只有日葵那種怪人而已。

我不會為此悲傷。畢竟這就是宿命。

儘管我對自己的作品很有信心，但並不打算強迫購買的人。要逼人一直戴著自己傾注滿滿心意的作品，並保持在毫不褪色的狀態，未免也太傲慢了。

不過，我也只是有點驚訝而已。

（當時的客人當中，有像那樣的美人嗎……？）

記不清楚也無可厚非。那個時候我光是顧著結帳，就已經忙到頭昏眼花了。

總之，就將這個與曇花重逢的事情，當作日常生活中的一段小插曲，回家時再跟日葵說吧。

雖然我已經可以想像得到她會說「難道你喜歡上人家了嗎？是不是喜歡上了呢～～？」來捉弄我就是了。

我從自動販賣機當中拿出Yoghurppe，並跟那個女生擦身而過。

黑髮女生站到自動販賣機前拿出了錢包。或許是想在社團活動時喝的吧。

我邊走邊將吸管插入飲料紙盒中。但隨後才想起「啊，這是等一下才要喝的」。要買第二瓶嗎？但現在走回去的話，總覺得很可疑……

那個黑髮女生會不會已經離開了啊？賭上這點希望，我再次回頭看向自動販賣機……她還在那邊。黑髮女生正好投入了硬幣。

這時，我發現了一件事。

她原本戴在左手的那個曇花手鍊突然不見蹤影。是在剛才那個瞬間收進書包裡了嗎？才這麼想，我的視線便朝著下方看去。

然後，那個黑髮女生也為了拿出落下的飲料而往下看。

「——啊！」

這一聲究竟是誰發出來的呢？

聽起來是比我想像中還要可愛的聲音，所以或許是她發出來的吧。也有可能是我們同時發出來的輕呼。總之，唯獨我們的視線是看向同一個東西。

就在黑髮女生的腳邊……

曇花的花卉飾品就落在地上。

是手鍊接合的地方斷掉了。畢竟是用國中社團活動的預算去買的材料，會劣化也理所當然。

不如說，真虧那能撐到現在。

我的心情差不多就像這樣冷淡。

與其說是冷靜……沒錯，還是冷淡比較貼切。至今都做過幾百個飾品了。製作時我當然是每一個都傾注了滿腔熱情，卻很少回頭去看。

因為，飾品本來就是消耗品。

是當下邂逅的東西，這也是其價值所在。

要是錯怪了這份本質，就做不成生意了。我跟日葵的目標，是既獨一無二，卻也不全然是如此的東西。並不是藝術家，而是工匠。

但是，對這個女生來說似乎並非如此。

「啊，不會吧……！」

黑髮女生慌慌張張地撿起了飾品。

她用手帕仔細地擦拭著樹脂的表面，確認有沒有留下刮痕。光是這麼一個動作就能看出那個女生是多麼珍惜這個飾品。

她伸手摸了因為劣化而斷掉的部分，接著就連忙抽離了手指。指腹似乎不小心被尖銳的地方給刺到了。她趕緊含住的指尖……但是，視線卻依然看著那個壞掉的飾品。

那雙眼睛有點泛出了淚水。

從外表看來，我還以為她是會隨手將壞掉的飾品扔進垃圾桶裡的那種人。沒想到她卻露出一

臉彷彿世界末日般不知所措的表情，刺痛著我的心。

所以，我忍不住就向她搭話。

「那個，我可以修好……」

「咦？」

黑髮女生一臉費解地抬頭看著我。

但是，我不禁直直盯著黑髮女生那張漂亮的臉蛋……這是為什麼呢？我明明不擅長面對美人才是。說穿了，我甚至不會跟第一次見面的人對上視線。

接著她——冷漠地說出一瞬間就能澆熄我心中高漲起來的情緒的一句話。

「你突然搭話是怎樣？」

哇啊，也太難搞……！

總覺得光這一句話，就有著將整個氣氛破壞殆盡的威力。

說得也是啦。一個不認識的傢伙突然跑來劈頭就說「我來幫妳修好那個飾品吧？」什麼的，只會讓人心生疑竇而已。要是在校外這麼做，甚至會被警察請去喝茶吧。

再說了，她若是想修好，只要帶去隨便一間飾品店給人家修理就行了。不過這畢竟是個人的自創作品，店家可能不會有好臉色就是了。

「呃～～抱歉。那個……我只是想說妳好像很珍惜，才會忍不住……請妳……忘了這件事

吧。」

於是我就逃離了現場。從吸管裡噴出來的Yoghurppe好像沿路滴成一條路，但我根本沒有回頭去看的餘力。

我的天啊，太丟臉了。

要是跟日葵說了這件事，她應該會開心不已地「噗哈——！」這樣噴笑出來吧。我絕對不會說出口。到死都不會說出來！

♣ ♣ ♣

在那兩天後的上課時間。

雖然正在上古文課，但我完全聽不進課程內容。應該說，最近一直都是這種狀態。

……只要一個不小心，當時那個黑髮女生冷漠的視線就會在腦海中閃現。那像在看隻臭蟲一般的視線。我當時的舉動確實很可疑，但有必要那麼厭惡嗎？

——咚。

隔壁座位扔來一個撕下筆記本並揉在一起的紙團。攤開之後，只見上頭用可愛的圓圓字體寫著「這位可疑人士～～要認真聽課喔～～」。

「………」

我朝著一旁看去，日葵就竊竊地笑著。

見我沒有搭理她，這時又扔來一個紙團。這次寫著「要不要我來替你找出那個女生呀？搞不好是命運的邂逅呢～～（笑）」。

我將紙條摺起來，並收進口袋裡。最後飛過來的是日葵的拳頭。我的右側肩膀吃了一記弱到爆的拳擊。

「不要不理我！」

「呃，這很明顯就是不用搭理的事吧。妳覺得我會受到這種國小生程度的挑釁影響嗎？」

「啊？你怎麼能把別人的一番好意說成這樣啊？」

「好意是吧。那妳找到那個女生之後是打算做什麼？」

「呵呵呵～～我應該會把悠宇被甩的當下錄下來吧～～」

「駁回啦，駁回。再說，為什麼是以我會去告白為前提啊？」

「別擔心啦。就算你被當作可疑人士逮捕，我還是會接受你的～～啊，但要是在那期間我跟別人結了婚，可就抱歉啦～～」

「那可不是不負責任的程度而已了……」

「咦～～那你真的要娶我嗎？我要不要印個預約券？能以指印為憑嗎？」

「我不就說了我絕對不要那樣……嗯？」

無意間，我發現四周同學的視線全都集中在我們身上。

站在講臺上教古文的爺爺級老師，也正緊盯著我們看。

「夏目同學，不可以影響到犬塚同學上課喔～」

為什麼會是這樣啊！

都是日葵一副乖乖牌的樣子，不知為何變得像是我在找她麻煩一樣……氣死我了，唯有日葵絕不輕饒。

「聽到了沒～～？」

「對不起……」

古文課結束之後，就到了午休時間。

我正要拿出在便利商店買的麵包時，日葵就從我身後將下巴靠在我的頭上。接著更在肩膀上「啪啪啪」地拍出一段節奏。

「都是悠宇你害我被罵了啦～～」

「妳還好意思這樣說，究竟是多厚顏無恥……？」

我上下擺動起頭，這樣的動作也「叩叩叩」地不斷撞上日葵的下巴，這讓她發出了「啊嗚啊嗚啊嗚」這般活像海豹的叫聲。

我能聽見班上的女生們悄聲地說著「他們兩個一天到晚都在放閃是怎樣」、「那兩個傢伙去年就一直都是這種感覺了」、「真假啊去爆炸好嗎」之類的話。我家摯友太不顧時間地點跟場合了，真的很抱歉……

「是說，悠宇你啊，是不是還一直在想前天那件事情～～？」

「才沒有一直在想。我現在相當冷靜。」

「嘴上這樣說，但你從前天到現在都完全沒在做事耶。」

「唔咕……！」

「別放在心上嘛～～稍微被美少女當成可疑人士這種事，反而是一種獎勵吧。」

「最好是啦。而且那種話妳是從哪裡聽來的啊？」

「我哥哥。跟他說悠宇被美少女當成可疑人士對待之後，他就說『我付錢就是了，拜託跟我交換』。」

「為什麼那個人明明長相帥氣，個性也滿好相處的，偏偏性癖就是這麼要命啊？」

「啊哈哈，遺傳吧～～」

「遺傳……」

「我們這一族的人，大家都有一個自己的癖好呢～～祖父之所以會去歐洲，說穿了也是因為他偏好藍眼的關係。」

「然後妳就繼承了這個血脈了是吧。」
「沒錯～我則是有眼睛癖喔。就現在來說，悠宇那雙充滿熱情的眼睛是最棒的♡」
「謝謝妳喔……」
順帶一提，前天那個黑髮女生事件，我當然沒能隱瞞到死為止。也因此這兩天都被日葵隨心所欲地惡整。
「但能知道現在還有人那麼珍惜你做的第一批花卉飾品，也是一件好事嘛。」
「這倒是。真是個怪人耶。」
「喂～～我啊！我也超珍惜這個頸飾的耶～～」
「說真的，我覺得妳是最奇怪的那一個……」
至今我也做了很多個新的飾品給日葵。即使如此，唯獨這個鵝掌草的頸飾，她絕對不會換掉。
呃，我當然很感謝她……只是一想到這點，總覺得就有點害臊起來。
當我在跟日葵聊天的時候，班上同學突然叫了我一聲。
「夏目同學，有外找喔～～」
有人找我？真難得。這樣講雖然不太好，但我的交友圈並不像日葵那麼廣，而且放學後真的超難約。

我才正想走去走廊，那傢伙就在教室現身了。

「嗨，小夏！我來找你玩嘍！」

「……喔，是真木島啊。」

一個感覺很輕浮，頂著咖啡色頭髮的男生朝我揮了揮手。

真木島慎司。

去年跟我同班。剛開學時我們的座位被安排在前後，聊著聊著就熟稔起來。雖然今年被分到不同班了，但只要在走廊上或是合班的課上碰面，都會彼此打聲招呼。

也就是說，他是我唯一一個男性朋友……這樣講好像很迂迴，但簡單來說就是唯一一個除了日葵以外的朋友。

「怎麼啦，花花公子？」

「啊哈哈哈！劈頭就這樣招呼啊！我最喜歡你這種地方嘍♪」

真木島是個天生的玩咖。

他對好幾個女生出手，然後每次都會上演愛恨情仇戲碼的現代劍豪。剛才這傢伙一出現在教室裡的瞬間，我們班上就有好幾個女生用非常嚇人的表情嘖了一聲，他的豐功偉業可見一斑……這傢伙的心靈未免也太強韌了吧？

「如果你是要來借英語字典，我今天可沒帶喔。」

「我不是來借東西的啦。只是有點事想問小夏。」

順帶一提，那個小夏指的就是我。取自夏目悠宇的夏。

想問我什麼事啊……當我這麼想的時候，日葵便從我身後向他搭話。

「是真木島同學啊～～有什麼事嗎～～？」

「嗨，日葵。心情如何呀？」

「呵呵呵～～託你的福，我今天也是開開心心地度過高中生活喔～～」

「那真是太好了。不虧我把『我的小夏借給妳』呢。」

日葵的眉毛抽動了一下。她突然伸出雙手抱住我的手臂，並用帶刺的笑容回應。

「就是說啊～～真木島同學也是，謝謝你總是『陪我的悠宇玩』呢～～」

「……咕！」

兩人之間火光迸濺……

喂，等等。幹嘛擅自賭上我的所有權在這邊互相瞪視啊？我就是我自己的！而且替我繳學費的是我父母好嗎！

「……你們國中時不是交往過嗎？為什麼關係會這麼不好啊？」

順帶一提，真木島似乎是日葵在跟我相遇之前交往過的前男友。我第一次聽到這件事情時，實在驚訝不已……不是我在講，鄉下地方人際關係的圈子真的有夠小。不過他們兩個都是男女朋友換來換去的那種人，事到如今也不算什麼就是了。

日葵像是頓悟般「呵」地露出冷笑。

「雖說是消磨時間的對象，但跟這個男人交往的過去，我根本就不屑回想起來呢～」

「妳還真嫌棄啊。我做了什麼嗎？」

「都是因為你劈腿五個女生的關係，害我被女生們挾怨報復，找了超──多麻煩耶～」

「啊哈哈。那還不都是因為妳明明就不喜歡，只是基於感興趣就接受我的告白，事情才會變成這樣。這就是妳小看我，以為我跟其他那些男人半斤八兩才會得到的報應。妳就當作繳學費放棄吧。」

真不愧是無人能敵的渣男，最知道要怎麼強詞奪理。

……這麼說來，日葵之所以會對戀愛情事敬而遠之，該不會就是真木島害的吧？這種話我也是第一次聽到，但他還真是個無藥可救的傢伙。

「所以說，真木島，你找我是要問什麼事？」

「喔，對耶。我也真是的，差點就忘得一乾二淨了。」

真木島這才拉回正題。

「前天放學後，你是不是有在自動販賣機那邊跟一個女生搭話？」

「女生？」

他說前天，指的該不會就是那個黑髮女生？

察覺這一點之後，我不禁嚇得面如土色。

「真木島，她難不成是你現在的女朋友嗎？呃，我確實是有跟她搭話，但我不是要搭訕她……」

「不是～不是～我不是那個意思啦。」

他伸出食指，在我的胸口附近戳了幾下。

……呃，是沒關係啦。但這不是會想被男生積極接觸的肢體動作，所以讓我覺得有點困惑。

「所以說，那個人果然是小夏啊。我聽她說了幾個特徵，就在猜會不會是你了。」

「特徵？什麼意思？」

原本還在戳我的那隻手指，就這麼往旁邊滑去。

我從教室的門朝著走廊探頭望去，就看到剛剛才跟日葵聊到的那個女生正站在那裡。也就是那個黑髮女生。

「啊！」

「……你好。」

只是這麼打了聲招呼，黑髮女生就撇頭看向另一邊去。她的態度還是一樣冷漠。

這時，真木島朝著那個女生的額頭炸裂出一招彈指攻擊！

「喂～～小凜，要拜託人家的是妳吧。給我好好打聲招呼！」

「好、好痛喔，小慎。」

小慎？

啊，全名是真木島慎司，所以叫他小慎啊。是說，這兩個人可不可以不要在別人的教室前放閃啊？感覺就會被別人瞪……咦？總覺得有個特大的迴旋鏢飛過來了。

「真木島，你們認識？」

「她是我家後面那間蛋糕店的女兒。簡單來講，就是兒時玩伴啦。是少數我發誓不會出手的女人之一。還請多關照她啦。」

「哦。後半真的是有夠無所謂的資訊，謝謝你喔。」

原來現實生活中，真的有男女的兒時玩伴啊。

而且還是這樣的美人，真不得了。真木島外表的等級也很高，他們就像是漫畫中的拍檔。

當我像這樣不禁感到欽佩時，日葵做出了反應。

「咦～～？是榎榎耶。難道悠宇說的那個人，就是榎榎嗎？」

「榎榎？」

黑髮女生也做出了好像認識日葵的反應。

「……小葵？」

小葵？……啊，因為是日葵才叫她小葵啊。

總覺得好像突然掀起一場綽號戰爭了。

……但在更重要的是，人際關係未免真的太狹隘了吧？為什麼除了我以外，他們都認識彼此啊？總覺得只有我被拋在後頭，拜託跟我說明一下。

「日葵，妳們也認識啊？」

「她跟悠宇也有關係喔。就是在那場校慶時，關照過我們的那個讀者模特兒的妹妹。」

這讓我恍然大悟。

國中校慶時，我的花卉飾品之所以會大賣的原因，就是有讀者模特兒在Twitter上分享。日葵的哥哥是那個讀者模特兒的朋友。應該是因為這樣，日葵才會也認識那個黑髮女生吧。

更何況日葵也像個社交鬼一般交友廣泛。

「所以說，呃……」

「……榎本凜音。」

啊，她叫這個名字啊。

一如她的外貌，是個帥氣的名字。

「那麼榎本同學，妳不是來找日葵，而是有事找我嗎？」

「…………」

她露出一臉非常厭惡的表情。又不是我把她叫出來的……

再這樣僵持下去事情也沒有進展。察覺這件事的真木島便率先催促她：

「小凜，妳快點說有什麼事啊，不然小夏也會覺得傷腦筋吧。」

「小慎，你不要那樣叫我啦……」

喔喔，因為名是凜音，所以叫她小凜啊。

究竟老是想給人取綽號的，是真木島還是榎本同學啊？呃，雖然是誰都沒差啦。

「……就是……這個。」

榎本同學遞出了雙手。

在她的掌心上，放著我有印象的東西。

「那個時候的飾品？」

是曇花的金屬手鍊。釦環的地方果然還是壞掉的狀態。難怪她今天沒有戴在左手上。

當我這麼想的時候，榎本同學便說起她要來找我的事情。

「我打電話去問過飾品店以及生活量販店之類的，但他們都說沒有在修理原廠製作以外的產品。我朋友們也說買個新的比較快……」

「喔，原來是這樣。」

也就是要重新拜託我，前幾天說要替她修理手鍊的事情。

太好了。我還以為要被真木島警告「不准對我馬子出手」之類……呃，我這個聯想是不是也太古老了？又不是什麼黑道電影。

「今天放學後再處理可以嗎？」

「……嗯。」

這麼回應之後，榎本同學就撇過頭去。

應該是代表同意的意思吧。

「那這就先放在我這邊……唔喔！」

我才正要接過飾品時，她的手就收了回去。

是怎樣？我現在要用什麼樣的情緒做出反應才好？我們才剛認識而已，還捉摸不到她的個性，真希望她別這樣。

「……你要是弄壞了我會很傷腦筋，所以我也要看著你修理。」

「喔，原來是這樣……」

雖然不受她的信賴，不過沒差啦。

反正我怎樣都可以，而且她如果珍惜這條手鍊到這種程度，我也可以理解。

「那妳可以放學後來科學教室一趟嗎？」

「……嗯。」

就這樣，總覺得我今天會度過跟平常不太一樣的放學後時光。

♣ ♣ ♣

到了放學後。

在科學教室等榎本同學來的這段時間，我向日葵問起她的為人。

「所以，日葵妳跟榎本同學是透過妳哥哥認識的嗎？」

「對啊～我們國小的時候還滿要好的，現在感覺就不像以前那樣了吧～而且去年我們也沒有同班。」

「哦，所以是妳們念國小的時候同班？」

「那也有點不太一樣耶～國小的時候感覺是一年當中會一起玩個幾次的朋友吧？」

「像在親戚聚會的場合之類嗎？」

「啊，感覺滿像的。但我們不是親戚，是請她送蛋糕來。」

「……蛋糕？」

「真木島同學今天也有說啊。因為榎榎他們家是開蛋糕店的。」

「喔，是這樣啊。」

也就是她幫家裡做事情的時候，順便去找日葵玩的關係吧。

「榎榎他們家的蛋糕，真的好吃到出類拔萃喔。在這一帶的評價也很高。」

「是喔。那還真想吃看看。」

「我們家現在也還會跟他們訂蛋糕，不然下次辦慶生派對時，悠宇你也來參加吧？下個月就是媽媽的生日了。」

「我才不要。為什麼女兒的同學要去媽媽的慶生派對叨擾啊？太莫名其妙了。」

「因為你最近都不來我家，她也會寂寞啊～～」

「不如說，正因為這樣我才不想去好嗎……」

為什麼那一家子人對我都是「歡迎歡迎！」的狀態啊？就算真的去參加好了，我究竟要用什麼樣的感覺獻上祝福才好？

「說回榎榎，總之後來她就會送蛋糕來，順便找我一起玩。但到了國小高年級的時候，她突然間就不再來了呢～～我們學區也不一樣，所以完全沒有碰巧遇見過。」

「妳之前就知道她是念這所高中的嗎？」

「嗯。不過也只是高一的時候有聊過幾次而已～～」

她們之間的關係我大概知道了。

不過，真虧她還記得那麼小的時候結交的朋友啊。哪像我，就連念國小的時候一起打棒球的那些傢伙，頂多也只對一兩個人有印象而已……呃，但我這樣好像太糟糕了？

「也就是說，她是念別間國中的啊。」

「對啊～～那個曇花的飾品，應該是透過她姊姊收到的吧？」

嗯，這樣說起來也滿有道理的。

無論如何，感覺都不是會跟我扯上關係的那種女生。

「那關於我就是創作者這件事呢？」

「我覺得不要說比較好喔～～榎榎感覺對那個曇花的飾品，有著特別投入的情感吧？」

「我不知道有沒有投注特別的情感，但她感覺確實格外珍惜。」

「那要是害她留下奇怪的雜念就太可憐了。」

「喂。那是我做出來的這個事實竟然是雜念嗎……」

「我不是這個意思啦。既然是重要的一段回憶，當然會想保持在完好無缺的狀態吧？無論聽見的是什麼情報，也都有可能會破壞她的回憶不是嗎？特地去妨礙人家重要的回憶，會讓我覺得太不識相了吧。」

唔。她說的有道理。

我也不是想自己炫耀這件事情，就照她說的去做吧。

……當我這麼想的時候，朝著別的方向產生誤會的日葵，打趣地用手肘朝我戳了過來。

「啊哈～～悠宇啊，我看你是想藉著這個機會，去追既是美人胸部又大的蛋糕店千金吧～～？」

「怎麼可能啊。何況我也不是因為這樣才問妳這些事……等等，很大嗎？」

日葵換上一臉嚴肅的表情，組起雙手回了一聲「唔嗯」並點了點頭。

她放遠的目光像在回憶起什麼事情，並感慨萬千地說：

「……很大。高一有一次我們合班上體育課，在換衣服的時候就看到了，錯不了。」

「真的假的……」

她制服穿得鬆鬆垮垮的，所以都沒有發現……

不，就算發現也不能怎樣就是了。不如說，真希望她別灌輸我這種奇怪的資訊。

「國小的時候啊，她就跟洋娃娃一樣可愛喔～～沒想到升上高中之後，竟然變成那樣魅力滿點的美人。唉～～完全就是我最喜歡的類型……」

「哦。對耶，日葵就是喜歡那種類型的美人嘛。她有種跟我家姊姊們一樣的氛圍……」

「對啊～～悠宇的姊姊們我也都很喜歡喔。美人就是世界瑰寶啊～～」

「聽妳誇成這樣，但我還是第一次聽妳說起榎本同學的事耶。妳們沒那麼要好了嗎？」

「…………」

下個瞬間，她就收斂起表情，恢復成格外認真的樣子。

接著就趴上桌子癱軟地伸長了身體，侃侃說出她悲傷的回憶。

「我是很想跟她當朋友，但她好像有點躲我～～」

「咦，躲妳嗎？以妳這個社交鬼來說，還真是罕見的情況啊。」

「嗯——在升上高中之後的那次合班體育課，我們不是一起換衣服嗎，然後……」

靈光一閃。

具體來說，是看到日葵動起雙手做出抓揉動作之後察覺到了。

「啊——沒關係，妳不用繼續說下去了。我只有不祥的預感。」

「我只是一時鬼迷心竅啊！可以伸手抓住那麼雄偉的雙峰，搞不好我這一輩子就只有那一次機會而已耶！」

「我不就叫妳別說下去了！做出那種事情，人家當然會想躲妳啊！」

「換成是悠宇，如果那種程度的近在眼前，總之也會出手才對吧！」

「不會好嗎！妳這傢伙，要是被別人聽見這種話該如何是好！」

就在我們喧鬧地這麼吵著，科學教室的門突然間就打開了。

來者當然是榎本同學。她一臉冷漠的樣子，直直盯著我們看……難道剛才那些話被她聽見了嗎？不對，有錯的人可不是我耶。

榎本同學的表情依然冷酷地說：

「……你們好。」

「妳、妳好……？」

妳好……

我不知道以這個場合來說，那究竟是不是合適的招呼，不過看樣子她似乎沒聽見剛才我跟日葵之間的對話？

「啊，真木島呢？」

「小慎要去參加網球社的社團活動。」

「啊，是喔。對耶。」

既然體育社團要練習，那也沒辦法。但說真的，我很希望他能來當我們對話的緩衝。

「榎、榎本同學，妳不用參加社團活動嗎？」

「我是管樂社的，但今天不用練習。」

「啊，是喔。呃……」

還有沒有什麼可以聊的話題啊……

正當我不知所措的時候，榎本同學朝我遞出了曇花的飾品。

「不用閒聊沒關係，這個就麻煩你了。」

「啊，好的……」

雖然我也不是想跟她交個朋友，但這反應實在太冷淡，我都快要哭出來了。

啊，喂。日葵，妳笑屁啊。說到頭來，也有可能是因為妳性騷擾人家的關係，才會害她這麼警戒好嗎？

「那我就來修了……」

讓榎本同學在對面的椅子上坐下之後，我就接過那條壞掉的手鍊。

首先確認損傷的狀況。就如同我的預料，是接合的部分劣化了。簡單來說，感覺就像扣在一起的兩個環互相摩擦，而耗損了持久性。

只要把這個部分整個換新就可以了。很可惜的是沒有一樣的款式，不過庫存裡有類似的。現在用的已經不是在百圓商店買齊的零件，所以持久性應該會比之前更好吧。

……思及此，我回想起剛才日葵說的話。

「榎、榎本同學，可以跟妳確認一件事嗎？」

「……難道沒辦法修理嗎？」

完全不相信我啊……

不過，這也理所當然吧。對榎本同學來說，我大概是個「只是好像手很靈巧的可疑人士」。

要不是有日葵或真木島，她應該也不會像這樣來找我修理。

「啊，不是。就是，那個……」

「……你說話不能乾脆一點嗎？」

榎本同學環起雙臂，並用手指敲了敲自己的手。看起來相當煩躁……而且胸部真的很大。感覺好像都要從雙手溢出來了……不，這不是重點吧。日葵，妳不要灌輸我這種奇怪的事情啊。

就在這時，日葵介入了我們之間。

「等一下、等一下。榎榎，妳有點嚇到人嘍。」

「……小葵。」

雖然感覺有點不滿，她還是停下對我展開的追擊了。

「悠宇是個膽小鬼嘛～面對初次見面的人，他這樣已經很努力了，妳能不能再對他溫柔一點呢？」

「我並沒有在生氣……」

「但是榎榎，妳從剛才開始就一直緊皺著眉頭喔。來，妳看。」

「……唔！」

一面隨身鏡突然就遞到面前，這讓榎本同學愣了一愣。她下意識一個後仰，身體便緩緩朝著後方傾倒而去。轉著圈的雙手只是徒然地劃破虛空。

「咦，榎榎？」

「啊，呃，哇……呀啊！」

她就這樣連帶著椅子跌倒在地。我跟日葵只能目瞪口呆地看著這一連串的動作發生。

……原來人在這種時候，身體會動彈不得啊。

「榎榎！」

「等等，妳沒事吧？」

我跟日葵慌慌張張地將她扶起來。

幸好似乎沒有撞到頭。但手肘整個撞了上去，這也讓她一副快要哭出來的樣子。

「……嗚、嗚嗚。」

「榎、榎榎？對不起，妳沒事吧？」

這時，榎本同學就大聲地發出哀號。

「你都說可以修好了，那就快點修理啊！」

「我、我知道了。是我不好（？）……」

沒想到她會跌得那麼豪邁。

這女生該不會其實是那個吧？該怎麼說呢，就是……

「榎榎，妳還是一樣笨手笨腳的呢～」

日葵那傢伙，竟然直接說出來了！

結果榎本同學也滿臉通紅地反駁道：

「剛才那都是小葵害的吧！」

「哪有～～畢竟那也太……噗哈！」

「～～～～唔！」

榎本同學的右手猛烈地抓住日葵的頭。

接著就這樣使勁地把她往上抓。日葵一邊發出「唔嘎啊啊！」的哀號，並死命地拍打著她的手臂。

「小葵，妳真的很討厭！妳從小就是這麼不識相，還把我喜歡的鑰匙圈跟人偶全都搶走！」

「我認輸！榎榎，我認輸了啦！鐵爪功太恐怖了！不可以用妳做點心鍛鍊出來的臂力使出這招啊！我的頭蓋骨都發出哀號了！」

「少囉嗦啦！從國小累積到現在的怨念，我要在此一口氣洩憤出來！」

「對不起，對不起啦！我真的不會再這樣做了啦——！」

太猛了……

我還是第一次看到那個日葵被逼迫到這種程度。畢竟是從小就玩在一起，榎本同學應該也是不會受到日葵魔法影響的那種人吧……我也想向她學習那樣的應對態度。

放開日葵之後，榎本同學惡狠狠地朝我瞪了過來。說到她那副模樣，簡直就跟惡鬼一樣威迫感十足。

「夏目同學，你快把手鍊修好！」

「好、好的，我立刻去修。」

我連忙拿起那條壞掉的飾品。

雖然對榎本同學不太好意思，但氣氛多少緩和下來了。

一旦知道對方是吃了很多日葵苦頭的類型，我的緊張也減輕了不少……但還真不樂見這種緩衝材起作用就是了。

「在修理之前，我想跟妳確認一件事。當然是修理得了，只是會需要更換零件。關於這點希望妳能諒解……」

「什麼……不能直接修理嗎？」

唔哇，她看起來超厭惡。

「這個零件本來是在百圓商店買的。那種店的商品替換率很高，現在應該不太可能還有在販售跟兩年前相同的零件。」

「……在百圓商店買的？」

「啊，不是。因為看起來很像那種感覺。」

好危險，太危險了。

雖然我覺得沒有必要隱瞞這件事，但既然日葵都這樣決定了。

榎本同學不太願意更換零件的樣子。

果然是對手鍊有著特別深的執著吧。日葵也發現了這一點，似乎不知道該怎麼說服她，而覺得傷腦筋。

話雖如此，是真的很難再買到一樣的零件了。之所以會被飾品店或生活量販店拒絕修理，這點也占了很大的原因。

如果去洽詢百圓商店，或許可以問到那個零件的製造商……不過商品本身已經停止生產的可能性也很高，何況也不可能就為了修理這個東西，而重新製造出那個百圓商店販售的零件。說穿了，這應該是在國外生產的製品，製造商本身還在不在都不知道。

若要修理這條手鍊，就只能請榎本同學妥協了。她不肯答應的話，就連我也無法修理。

「曇花用樹脂封住的部分可以完整保留下來。這點我能保證。而且要是換上持久性更好的零件，之後也能再用得更久。」

「但是……」

「不想更換的話……對了，像是放進展示盒裡，擺在房間當裝飾之類，用這種方法欣賞如何？我可以盡量照著妳的期望去做成裝飾品。」

「…………」

她交互看著這條手鍊跟我的臉。

總覺得那表情看起來就像是年幼的孩子感到迷惘一般。

雖然第一印象感覺很難相處，但她說不定個性其實滿純真的。而且剛才也跟日葵鬧得很開。

當我想著這些事情，榎本同學便說道：

「……我想把這個戴在身上。」

「那我可以換掉這個零件嗎？」

「嗯……」

她勉為其難地答應了。

……總算來到這個階段。說真的，光是這樣我就已經累得要命。關於飾品方面，我平常就不是會去詢問別人期望的類型，現在已經覺得想回家泡澡了……不過會這麼累，大部分的原因可能都是日葵害的。

「那我這就去準備。等我一下。」

我用鑰匙打開身後的鐵櫃，並取出放有工具的紙箱。存放素材庫存的盒子也放在這裡。

從那當中，我選了一個跟這條手鍊顏色及形狀都相近的金屬條。那是個珊瑚色、長約一公分的圓柱體。試著擺在桌上比對，並想像了一下連接起來之後的感覺。

「感覺像是這樣可以嗎？」

「嗯……」

「我想量看看妳手腕的尺寸。」

「……這樣可以嗎？」

我拿捲尺繞上她的左手手腕。

粗細幾乎跟日葵一樣。不過榎本同學的手鍊若是留點寬鬆的空間，感覺或許比較適合她平常的服裝風格。

「那我就開始做了。」

「……好。麻煩你了。」

首先要將曇花的手鍊分解。

話雖如此，這個程序很簡單。只要拿刀刃部分比較細的鉗子一刀剪斷就好。而且本來就是劣化的東西，也不必多麼使力。

但絕對不能傷到曇花的樹脂部分。儘管程序簡單，還是要謹慎地做。真是的，到底是誰把這個地方連接得這麼細啊？呃，是我啦。

……好了。

機會難得，也順便維護一下這個樹脂的部分好了……等等，我隨便去碰的話，她或許會覺得不太舒服。我真是太厲害了。是個如此識相的傢伙。

至於連接的部分就……

「……欸，小葵。」

「怎麼啦～～？」

「妳跟他是什麼關係？」

「咦？妳想知道嗎？難道悠宇是妳喜歡的類型？」

「才、才不是！我只是有點在意而已！」

「嗯——被妳這樣強硬否定感覺也很可憐耶～～」

「所以呢，是怎樣？」

「我們是從國中到現在的摯友喔～～」

「摯友？」

「嗯。很奇怪嗎？」

「……不會。那你們兩個都在這間科學教室做什麼？」

「進行園藝社的社團活動喔。這個櫃子裡有在種植花卉，我們還在停車場後面的花圃種了各式各樣的東西。來，妳要不要看看櫃子裡面？」

「哇啊！這是什麼？這個感覺很可愛的圓型容器裡面，有好多花苞喔……」

「這是ＬＥＤ栽培機喔。是個就連在日照不充足的室內也可以種植觀賞植物的好東西。像是萵苣之類的葉菜類也可以用這個維持新鮮度，很方便喔～～」

「好厲害喔。竟然有這種東西……」

「對了，今天還沒澆水耶。榎榎，妳要試試看嗎？」

「唔，嗯。好啊……」

「來，這是澆花器。每一株花都有名字，妳就一邊叫名字，一邊稱讚它們『好可愛』吧～～花都是很純真的喔。」

「我、我知道了。」

「從這邊開始依序是『明里』、『和泉』、『憂』……」

「明里、和泉、憂，你、你們好可愛喔……」

「嗯嗯，很好很好～～就是這個樣子。接下來從這邊開始是『凱凱凱凱凱』、『可可可可可』……」

「突然就變成像是為了個體值而亂抓的寶可夢！」

「啊哈哈～～我真的沒辦法全部記起來啦～～悠宇全都記得很清楚就是了。」

「好、好厲害……」

「只要是自己感興趣的事情，悠宇的腦筋可是比我還要好呢～～真是太可惜了。」

「不過小葵，我從來沒聽過學校有園藝社耶……」

「也是呢～～這是去年我跟悠宇創設的，而且也沒有在募集社員。」

「社團活動都在做什麼？」

「平常就是花卉的種植觀察。將那些可以簡單在室內培育起來的花卉紀錄成報告。畢竟這也具備療癒方面的功效，所以就能巧立名目，說是『可以運用在社會福祉方面～』這樣。」

「巧立名目……」

「去年畢業典禮時，校門口不是有花卉裝飾嗎？那也是我們這邊培育的花喔。」

「啊，是在典禮結束之後，有些學長姊會拔下來留作紀念的那個嗎？」

「對對對。要帶回去作紀念是沒差啦，但希望他們可以摘得漂亮一點呢～」

……首先把金屬條的部分連結起來了。

嗯。感覺差不多就是這樣吧。

接下來再接上樹脂的部分……

「小葵，他從剛才開始都沒做出任何反應耶……」

「悠宇總是這種感覺喔。他只要一做起這件事，就算在他旁邊摔破花瓶也不會發現。」

「……妳試過了嗎？」

「啊哈哈。去年我在幫花換水的時候，不小心就摔破了～」

「是喔……」

「他既聽不見我們這段對話，現在要是碰他也不會有反應喔。要不要試試看？」

「咦？」

「就像這樣。然後把這邊弄成這樣……」

「等、等等，這樣不太好吧……」

「呵呵呵～～啊，還要拍照存證才行。」

「什麼？小、小葵，他等一下不會生氣嗎……？」

……完成了。

總之，弄起來差不多就是這樣吧。如果能有更多時間，就可以連細節都處理得更講究……

呃，所以說我和日葵約好要簡單處理了啊。

總之，希望她能接受這樣的修理……

「嗯嗯？」

總覺得頭上有奇怪的感覺。具體來說，就像頭髮被什麼東西拉扯一樣。

這時，日葵朝我遞出了隨身鏡。

「來，悠宇。鏡子借你♪」

「咦？」

我的頭髮上，不知為何被綁了無數個紅色的緞帶。

「呀啊啊啊啊啊啊啊啊啊啊啊啊啊啊啊啊啊啊啊啊啊！」

眼前太嚇人的光景，讓我不禁驚叫出聲。這是拿來裝飾飾品包裝盒的東西啊！

「日葵，妳在幹嘛啦！」

「『呀啊啊』耶，竟然喊出『呀啊啊』……悠宇發出像女生一樣的尖叫……噗哈哈～～！」

伸手指著我，日葵發出大爆笑。

我為了解開緞帶而連忙將手伸了過去。然而全都纏著頭髮，怎樣都無法順利解開。

「天啊。這真的解不開耶！妳這傢伙，快想想辦法啊！」

「好、好啦，我知道了。我來解開就是了，悠宇就繼續做你的事吧～～」

這本來就是妳惹出來的麻煩耶。

日葵在我身後著手解開緞帶。那邊就交給她弄，我則是將手鍊遞給榎本同學。

「呃——榎本同學。總之妳先試戴看看吧……」

「嗯……」

她將手鍊戴上手腕。

尺寸就一如我的預料。接下來就看她戴起來的感覺了。

我無意間抬起頭來，對上榎本同學的視線。但下個瞬間，才想說她怎麼鼓起了臉頰……只見她就這樣「噗」地噴笑出聲。

「不要笑啦！喂，日葵！妳快點解開啦！」

在我身後的日葵沉思般低吟了一聲。

「悠宇，抱歉耶。雖然是我自己弄的，但這還真難解開啊。」

「妳是說真的嗎！」

「別擔心啦。這些緞帶要是到了三十歲都還拆不下來……嗯～～你就剃光頭吧。」

「這種時候妳應該要負起責任說個『就跟我在一起吧？』才對吧！不要只在關鍵的地方避開責任啊！」

日葵的臉頓時通紅了起來。

「咦？悠宇，要是到了三十歲還是單身，你真的打算跟我在一起啊？……那我去跟哥哥說一聲嘍？」

「拜託妳不要一臉害羞地把照顧哥哥的責任推給我好嗎！」

「哎呀～～我真的不知道那個人有沒有辦法結婚啊～～老了之後我絕對不想照顧他耶。」

「就算是這樣，也不能把事情拋給一個陌生人吧！」

「悠宇你有的時候真的很任性耶～～」

「任性的人真的是我嗎！」

在我們講著這種廢話時，榎本同學突然間笑了出來。

「呵，哈哈。小葵，這絕對是小葵的錯吧……呵呵！」

我們不禁目瞪口呆。

她一開始散發出的警戒心就像是假的一般，露出了孩子氣的笑容。我回頭看向日葵之後，她一臉得意洋洋地說：

「瞧，都是多虧了我呢。」

「……妳這傢伙，絕對是隨便講講的吧。」

不過，氣氛能緩和下來也是好事一樁。

確認好手鍊的尺寸之後，我便繼續進行最後鑲上釦環的工作。

◇ ◇ ◇

「欸，小葵。妳跟夏目同學（他）是什麼關係？」

當榎榎這麼問我的時候。

說真的……讓我覺得有點不爽。

趁著這個機會，我就明講了。

我沒有把悠宇當成異性看待。

應該說，我真的搞不太懂戀愛是怎麼一回事。那是這麼重要的情感嗎？

「日葵同學，妳在跟夏目同學交往嗎？」

自從跟悠宇一起行動之後，我已經不知道被這樣問過幾百次。聽到耳朵都快長繭了。

比起任何事情，劈頭就會先「那樣問」。如果是同學這樣問，那好吧，勉強還能原諒。想必會覺得在意到不行吧。但偶爾也會被其他年級的學生問起這件事。我連對方叫什麼名字都不知道的那種人，突然就問起：「妳跟夏目同學是什麼關係？」

太恐怖了吧。

前天去參加班級會議時也被問起了。

一個三年級的學長……他叫……呃，叫什麼來著？算了，不重要。除了悠宇之外的人怎樣都好。總之那個好像是個帥哥（但跟我比起來不算什麼）的學長，在沒有任何前提的狀況下，就突然這麼問我。

「妳很常跟一個很高的男生一起行動對吧。不覺得你們有點不相配嗎？」

我聽了則是笑著回答：

「這跟學長有什麼關係嗎？」

一瞬間就察覺自己沒戲唱的不算什麼的學長，便匆匆忙忙地逃走了。

真是令人反胃。

因為啊，那樣順序不太對吧？

難道不是要先問悠宇是個什麼樣的人嗎？悠宇的價值，是從有沒有在跟我交往去斷定的嗎？

蠢斃了。

不明白悠宇的價值的人，也沒資格否定我的價值觀。與此同時，更沒有權利將其他的價值觀強押在我身上。

男女之間存在純友情嗎？

當然啊。

沒有的話，這份心意又算什麼？這種想支持悠宇追夢的心情，難道是為了跟他接吻或是上床的手段嗎？

有夠蠢。如果想跟悠宇接吻，我才不會做這麼迂迴的事情。

我對那種人非常厭煩。我並不會否定為了戀愛而戀愛的心態，但我希望至少不要把那種邏輯套在我們身上。

也希望他們明白，這世上並非所有人的價值觀都是一樣的。而且可以的話，我也希望會成為悠宇女朋友的人，能夠認同我們這樣的價值觀。

因為要是交了男女朋友就要跟摯友分開的話，那感覺也滿寂寞的。

當我一邊想著這種事情，就發現天空烏雲密布的，也開始下起雨來了。

剛好就在悠宇修理完手鍊的當下。我們三個一起離開科學教室，在鞋櫃那邊換好鞋子之後，

便茫然地仰望著天空。

悠宇露出像是世界末日般的表情，看著滴滴答答下起的雨。

「日葵，今天不是整天都是晴天嗎？」

「啊，氣象有說晚上開始會轉陰喔。」

「真的假的，我沒有注意到……」

不過降雨的圖示是從換日那時才開始標上的。看來是今天的氣象預報有點失準。

那麼，他究竟會怎麼做呢？不，到了這個地步，我也已經看出結果了。

一如我的預料，悠宇採取了行動。

「我騎腳踏車來的，所以先回去嘍。明天見。」

「不一起搭公車回去嗎？」

「不，不用了。明天早上沒有時間剛好的公車班次。」

這麼說著，他就立刻走遠了。

我知道他撒了一點小謊。

其實是因為有榎榎在，所以害羞了。悠宇對女生很沒轍。他應該不太有辦法跟不熟的女生待在同一個空間裡吧。

（看他這副模樣，應該還要過好一段時間才能交到女朋友了吧……）

……正因如此，悠宇主動向榎榎搭話這件事，才更令我驚訝。而且更難得的是，悠宇竟然在第一次見面的狀況下，跟她說話時沒有撇開視線。雖然這跟花卉飾品可能也有點關係，仍是相當罕見的情形。

不過，得知那個人是榎榎之後，我也覺得釋懷了。

因為這個女生，就是個真正的美人啊～～跟其他那些徒有氛圍的女生之間，真的有著一線之隔。要說是僅次於我的可愛也不為過。她有著足以讓「有點不太會面對女生」的悠宇，一瞬就把那種事情拋諸腦後的潛力。

臉蛋漂亮，身材又好。雖然容易招人誤會，但她的個性其實也相當溫柔。就算我對她做過各式各樣的惡作劇，到了最後她總是會原諒我。所以我也可以放寬心跟她相處。再加上不愧是老家開蛋糕店的，她的廚藝似乎也很好。完全就是讓人想娶的那種女生。

（難道悠宇的春天終於要來了嗎～～？）

嗯——但悠宇卻是那副德性～～講白一點，他甚至會讓人覺得……真的只對花有興趣。

以磁鐵來說，感覺這兩個人都是北極。如果其中一個人比較積極，也不是沒有機會吧？榎榎給我的感覺，不完全是沒戲唱的樣子。從以前開始，這個女生在面對真的無法接受的人時，無論發生任何事情都不會露出笑容。

「……小葵？」

當我點著頭認同自己的時候，榎榎這麼喚了一聲。

「嗯？啊，抱歉抱歉。妳剛才說什麼？」

「我查了一下公車的時間。下一班就快來了。」

「啊，這樣啊～那就一起回家吧～」

我撐起摺疊傘，我們兩個就一起走向學校前面的公車站。

跟美人共撐一把傘呢。呵呵呵。我完全賺到了。對悠宇真是抱歉啦～真的對不起。謝謝你自己一個人淋得濕答答地回家。明天可別感冒嘍～

「欸，小葵。」

「啊，什麼什麼？」

「妳從剛才開始就沒在聽我講話耶。怎麼了嗎？」

「沒事，我只是有點擔心悠宇而已啦。」

我總不能說其實是在看妳可愛吧～到時候又會把她嚇到退避三舍。

美人可是世界瑰寶。欣賞可愛是不分性別的。好想把她帶回家。來我家的話，就能招待她到渾身酥麻腿軟了呢。

……這麼說來，最近悠宇真的都不再來我們家了耶。

畢竟正值青春期，確實也無可厚非啦，但就是覺得有點寂寞。

我們一家人也全都在等悠宇來玩呢。悠宇這個人的個性，大概戳中了犬塚家的DNA吧～～

「……真的……往嗎？」

「哇啊。榎榎，抱歉。我又沒在聽了！」

哎呀～～她超氣的。

榎榎雖然從小就不太坦率，心情卻會馬上寫在臉上呢～～啊，但她這道緊盯著人的視線好像會看上癮……不行，奇怪的癖好差點就要覺醒了。

感覺像在抱怨著「真是的」一般，榎榎一臉氣噗噗的樣子重說了一次。超可愛。

「小葵，妳真的沒有在跟那個人交往嗎？」

「哪個人？」

「……夏目同學。」

「嗯～～？」

啊，原來是這樣……

就像我在猜測悠宇跟榎榎的想法一樣，與此同時，榎榎似乎也在猜測悠宇跟我之間的關係。

這就是人在凝視著深淵時，深淵也在凝視著自己啊。

「我們真的沒有在交往喔。真心是最好的朋友。」

「但你們剛才不是還講到結婚之類的話……」

「啊哈哈。那是在開玩笑啦。我們班的人都聽過我們這樣講啊。」

「但男生跟女生那麼長時間在一起，感覺也……」

「如果要這樣講，豈不是世上的男女都在上床一樣嗎？」

「……唔！嗯，也是啦。」

好可愛！

只不過稍微說了「上床」兩字臉就紅這樣，實在是非常非常可愛！妳這傢伙，外表看起來像是走在時代尖端，內心其實很純真嗎！

啊啊，好想帶回家。好想跟她一起洗澡。好想利用同為女性的特權，隨意行使這種足以讓世上的男生們欽羨不已的互動。

不，我也不是只愛同性喔。

「人們都應該要坦率面對欣賞美麗之物的欲望」。

這就是我的原則。

而且——這也是我之所以會幫忙悠宇的最根本的理由。

不過，就算是客套話，悠宇也確實稱不上是個美少年啦。應該算普通吧？還是還不錯？我們已經相處太久了，關於這方面的評價真的不太客觀。至少不會不好看。

但重點不在這裡，而是好在那雙眼睛啊～

我很喜歡當他在做花卉飾品時，那雙綻放著虹彩光輝的眼睛。雖然我也搞不太懂，但真的愛得要命。甚至打到了比起犬塚家的ＤＮＡ更深處的內心。

他將滿腔的熱情都投注進去，就像是在燃燒的玻璃珠一般，感覺非常美麗。但同時也有著要是太粗魯去碰就會壞掉似的虛幻感，總是讓我難以觸碰。

那就是悠宇對我來說的價值。

我大概一輩子都不會離開悠宇。我覺得我們會是永遠的摯友。當這段關係要結束……想必就是悠宇不再做花卉飾品的時候吧。

所以，我才會一直協助悠宇。

旁人大概無法理解這種感覺。所以我才都沒有說出口。因為人是一種會去攻擊無法理解事物的生物。因為這雙藏青色的眼睛，讓我看透了這點。

我也想一直坐在這個「專屬於我的位子」。

「小葵！」

「哇啊，對不起！……所以是在說什麼？公車來了嗎？妳要來我家嗎？要一起洗澡嗎？」

「最後一個是什麼意思啊……」

哎呀，一不小心就太忠於欲望了。

啊～～拜託不要這麼退避三舍嘛。兩人之間拉開的距離太令人心寒了。沒關係，我不會弄痛

妳的……不，很有關係。

「小葵，我可以找妳商量一件事情嗎？」

「嗯～～？」

她露出一臉正經的表情。說不定是一件很嚴肅的事？

沒問題喔。儘管找我這個姊姊商量吧。只要是爺爺跟哥哥的權力所及範圍之內，任何事情我都會陪妳商量到底。

「小葵，妳有交過男朋友吧？」

「這問得還真是突然啊～～怎麼了嗎？」

「啊，不是，因為……小葵感覺就很受歡迎。」

「是沒錯啦～～」

「這點不否定啊……」

去否定一個事實也沒意義吧～～太過謙遜也只會招人討厭而已啊。

不過，是要說男朋友啊……這還真是超乎意料的方向呢。

「我時不時就會交個男朋友，但通常都很快就會分手了呢～～不如說，感覺是為了分手才開始交往吧～～」

「為了分手才交往……？」

「妳想嘛，有些人就算拒絕他，還是會態度強硬地不斷糾纏吧～～所以遇到那種人，我就會先跟對方交往一陣子，讓他明白我們的契合度有多糟糕再分手，也比較不會藕斷絲連。」

「這樣沒問題嗎？」

「從我的經驗看來，被對方告白的當下立刻拒絕，才比較有可能會發生危險的事吧～～所以我甚至有一支專門應付這種人的智慧型手機喔。遇到麻煩的人就跟他說那支手機的LINE，之後只要說『我的手機晚上會被父母沒收耶～～』，也就不用回訊息了。」

「哇啊，好厲害……」

「才不厲害呢～～那段時間都不能跟悠宇玩，壓力真的很大耶。要是一個沒有處理好，引發什麼大問題，也會給哥哥帶來困擾，我也很辛苦喔～～」

這也是與生帶著受人歡迎的宿命之人應有的責任義務，但真的有夠麻煩。

不管再怎麼快分手，也差不多有一星期左右的時間不能補充悠宇成分。而且悠宇還會對我說什麼「又分手了？真的很不持久耶」，實在令人有點火大。

「我大概就是這種感覺吧，這樣可以陪妳商量嗎？」

「那麼，就是……呃……」

榎榎像在謹慎地挑選著要問出口的詞句說：

「在那當中，有人是連小葵長怎樣都不知道，就來告白的人嗎？」

「……什麼？」

這個問題再怎麼說都超乎我的預料。

她說的「在那當中」指的應該是我歷任的前男友（笑）吧。雖然不是每一個人都還記得，但連我長怎樣都不知道就來告白……咦？那是什麼狀況啊？

「啊，是在網路上認識的嗎？」

「也不算是認識吧……」

嗯嗯？不認識的人嗎？

也就是一廂情願啊？如此一來……

「啊，演員之類嗎？還是搞笑藝人！」

「就感覺上來說，應該……比較接近吧……」

「但妳不知道對方長怎樣對吧？究竟是什麼意思？」

越想越無法理解。

我實在太焦急了，便重重地拍打了榎榎的背。

「想說的事情就要明確地講出來！」

「唔！……好啦。」

榎榎死心了之後，總算進入正題了。

「我們家不是開蛋糕店的嗎？姊姊從小就一直很想去都市發展，所以我也想說應該會是我繼承這間店……」

哎呀，突然間就從戀愛話題變成堅強女孩的佳話了。

明明這麼可愛，社交能力感覺卻有點低落，總覺得跟悠宇很像，我很喜歡呢～～如果榎榎要繼承那間店，從今以後犬塚家也會一直捧場下去。我現在決定了。

「所以呢？所以呢？」

「我在幫忙做蛋糕的時候，媽媽常會這樣跟我說：『就算是壞人，也能做出好的東西。但只有心地善良的人，才能做出打動人心的東西。』總之，她希望我成為一個心地善良的人就是了……」

哦～原來如此。

我漸漸明白她想說什麼了。

「所以說，妳是看到了什麼打動人心的東西嗎？所以才會連對方的長相也不知道，就喜歡上人家了吧？」

「唔，嗯。大概就是這種感覺……」

她撇開了視線，雙頰也泛紅了起來，好像覺得很害羞的樣子。

嗯——這好像是真心的耶。是說，太可愛了吧。真的好嗎？這麼可愛沒問題嗎？這個瞬間的

榎榎，甚至比我還要可愛～

悠宇，抱歉嘍。剛才我還想說你可能還有點機會，看樣子是真的沒戲唱了。很可惜的，這個讓人最想娶回家的堅強美人已經有心上人了。別在意。戀愛對你來說還太早了。你再好好跟我享受一段專屬摯友的青春時光吧！

什麼的，當我擅自跟腦內的悠宇玩起來時，榎榎說了。

「我不知道對方長什麼樣子。但我隱約覺得，他應該就在我的生活圈內吧……」

「咦？是喔？為什麼？」

「因為一直都能在小葵的ＩＧ上看到啊。」

……在我的ＩＧ上看到？

咦？這是怎樣，什麼意思啊？我的ＩＧ是指那個拿來宣傳花卉飾品的ＩＧ對吧？在那上頭有拍到誰嗎？

難道是靈異方面的事情嗎？好可怕！等一下，我很怕這種耶。榎榎，突然拋來這種話題實在有點……

（——啊，不對。）

有拍到。一直都有拍到。

榎榎並不是說「有看到那個男生」。想想榎榎說的，她連對方長什麼樣子都不知道。

但她認得對方的特徵。就是「那個人做出來的，某種打動人心的東西」。

「那個……榎榎？妳為什麼要跟我說這件事呢？妳之前說過討厭我吧。在學校也一直躲著我……」

「…………」

榎榎舉起了左手。

她手腕上戴著一條曇花手鍊。

只會美麗地綻放一晚，而且一晚就會凋謝的花。

花語是「豔麗的美人」、「虛幻的戀情」，以及——「就算只有一次，也想見你」。

「……那個『you』，就是指夏目同學吧。」

榎榎的這句話並不是詢問。只是在向我確認事實與否而已。無論我怎麼回答，她想必都會相信自己的直覺吧。

我覺得自己太傲慢了。

我以為只有自己能理解悠宇的好。

那個只為了我而準備的「專屬於我的位子」。我以為那不可能被替換掉，而且對悠宇來說也一樣，我如此深信不疑。

……分明就連認為我跟悠宇之間的友情才是無上的價值觀，說到頭來也不過是自以為是而已。

Ⅱ 「就算只有一次，也想見你」

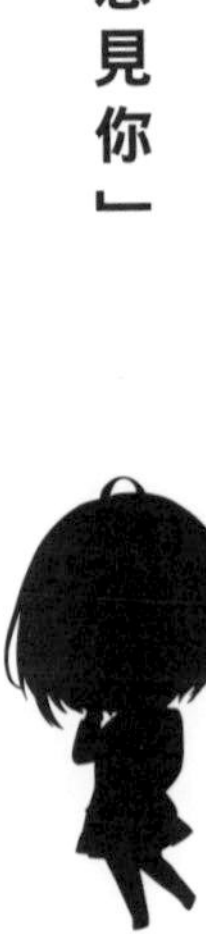

渾身都濕透了。

騎到途中雨就越下越大，讓我有種自己跳進游泳池的感覺。早知如此，我就跟日葵她們一起搭公車回家就好了。

但我不太會應對榎本同學啊。不，我很明白她不是個壞女孩。不過就是該說很有壓迫感嗎，外表實在太美了，讓人不禁有點卻步……

……說穿了，這是我時隔多久跟日葵以外的女生說話啊？就算在班級會議中有說上話的機會，應該也沒有閒聊過吧？

當我想著這些事情時，總算到家了。

兩層樓的獨棟房屋。隔著一小條道路，對面就是父母個人經營的小小間便利商店。

把腳踏車停在家旁邊，開門進入家中。當我正朝著浴室直直走去時，人在客廳的三姊探出頭來。

夏目咲良——在我三個姊姊當中，她是唯一沒有對象的，目前大學畢業第三年。

看了一眼從頭到腳都濕透的我，咲姊露出明顯感到厭惡的表情。她應該是在想「誰要來擦這個走廊啊……」之類的吧。

「……悠宇，你是不會等我拿毛巾過去嗎？」

「呃，我沒想到妳在家啊。不是要去便利商店值班嗎？」

「現在有打工的人值班啊。這裡我幫你擦就是了，快點去洗澡。」

不好意思勞煩啦。

一走進更衣室，我就發現有顆純白的毛球塞在洗衣籃裡面。

「……大福，你能不能讓一讓？」

聽見我的聲音之後，白色毛球也有所動作。

豎起三角形獸耳的那隻白貓，緊緊地瞪著我。接著打了一個呵欠，便再次縮成一團。

這傢伙……

我拿牠沒轍，便直接將濕掉的衣服扔進了洗衣機裡。

浴缸裡已經放好熱水了。咲姊幹得好。我稍微沖了一下身體，便浸泡進暖呼呼的浴缸中。

「天堂……」

要不要拿咲姊的入浴劑來用呢～～

但之後應該會被痛罵一頓吧～～

……嗯？更衣室那邊傳來大福喵喵叫的聲音。牠會發出這樣真的是貓在撒嬌時的聲音，應該是咲姊進來了吧。

「欸，我把你要換的衣服放在這裡了喔。」

「謝啦～～……」

「你今天是不是特別累啊？」

「只是修理了一下以前的飾品……」

「哦。日葵的嗎？」

「不，是其他女生的。」

……咦？

總覺得更衣室那邊很安靜……呃，哇啊！拜託不要突然打開浴室的門啊！

「你該不會是想要劈腿吧！你膽敢弄哭日葵，我就跟你吃不完兜著走喔！」

「不是好嗎！說穿了，我早就講過我跟日葵只是朋友而已嘛！」

「只是朋友的話，一般來說根本不會那麼殷勤地幫你宣傳花卉飾品的銷售好嗎！」

「但就真的是這樣，我也沒辦法啊！」

她超生氣的。

日葵那傢伙，平常總是笑臉迎人。日葵魔法可不是說笑的。就介紹給家人這點來說，她真的是滿分一百分的女生。我家的姊姊們也全都被她迷得神魂顛倒。

「好像是日葵認識的人吧？……總之那個女生的飾品壞掉了，我只是幫她修理而已。」

「你啊，能不能就是……去玩些一般的娛樂啊？像是去唱歌或是打保齡球之類的。」

「要妳管啊……是說，拜託妳把門關起來好嗎？」

很冷耶。

都來泡澡溫暖身子了，這樣豈不是毫無意義。

「是喔。所以說，你們怎麼了？」

「不是啊，門是關上了沒錯，妳為什麼要進到這裡來啊？」

「我想說順便幫大福洗個澡。」

被咲姊抱在胸口的白色毛球不禁抖了一下。而且牠的尾巴還被抓住，可憐兮兮地被泡進盛滿熱水的洗臉槽裡。這時牠也發出了悲痛的叫聲。

……我是因為妳反正也不會聽所以才沒說而已。但要幫大福洗澡的話，等到我泡完澡再洗也沒差吧？

「所以我才覺得有點心累而已。啊，咲姊。那是我跟爸爸的洗髮精耶……」

「不要計較那種小事啦。但你的心靈也太脆弱了吧?這樣真虧你想自己開一間店耶。」

「妳說的對,我無從反駁……」

……沒錯,真的就是如此。我一句話都說不出來。

如果是收銀或在店面接待客人這種事,只要僱用工讀生來做就行了。畢竟飾品是替換率很高的東西,我天真地認為業績應該可以維持一定的水準。

但若是要聽取客人對商品的意見或要求,就是我的工作了。這並不是可以交給別人處理的事情。

如此一來,我也非得面對人群才行。

浴室裡的鏡子中映照出我的表情。一樣是頂著一張臭臉。

當我試著像日葵那樣親切地笑了笑……啊,這樣不行。任誰都想像不到是這種傢伙做出那些可愛的花卉飾品吧。

乾脆就像今天一樣,有日葵在我身旁笑咪咪地做出應對就好了。不過,我總不能到那時候還要受她這番照顧吧。現在日葵只是沒有其他事情要做才會陪我而已,到時候她應該也結婚了吧。

「但這也是一次不錯的經驗吧?」

咲姊這麼說。

她一臉若無其事的樣子。相較之下,她手邊的大福則是一副悽慘的模樣,兩者之間的反差害我差點笑了出來。

「為什麼？」

「因為你一直都只替日葵做飾品吧。那作品風格當然會有所偏頗嘍。」

「不是啊，風格偏頗是怎樣？我有為了營造多樣性，在做各式各樣的飾品耶……」

……咦？她幹嘛這樣直直盯著我看？接著又像是很遺憾地嘆了一口氣。

「……之前我都在顧慮你的心情才沒有說，但你最近做的東西，感覺全是很相似的款式喔。」

「什麼！」

這句話狠狠刺中了我的心。

怎麼可能。咲姊好像平常就有在看日葵的ＩＧ，但不可能會有足以讓她這樣斷言的證據才是……

「什、什麼意思啊？但不只是耳環或手鍊之類，就連便條紙跟書籤那種文具類的我也都有做啊……」

「我指的不是用途，而是作品意象。無論是情境或氛圍都沒有改變，作品一直都給人一樣的感覺。簡直就像『停滯的小世界』……難道你自己沒有自覺嗎？」

「…………」

沒有。

不過，等等。仔細回想起來，確實是有那種感覺。

應該說，會有這樣的情形可說是理所當然。因為我的作品，就是透過日葵的ＩＧ宣傳。因此就要做出適合日葵形象的東西……啊，那不就正是這樣！

「想要自己開店這種事，我以為你應該會在中途就放棄才會沒有說。不過既然都把日葵牽扯進來，我才會覺得是該跟你明講的時候了。」

咲姊拿了一件浴巾過來，搓揉著大福替牠擦乾。

不知道是不是已經失去抵抗的力氣了，那顆白色毛球只是攤在那邊任她擺布。

「像是可以看見更加熱情的愛慕之心之類，或者像是可以看見深沉失戀的絕望等等。你所缺乏的應該就是這種情感的幅度吧？」

「可、可是，業績也很順利……」

「真的嗎？有一直在成長嗎？最近是不是成長的幅度有點縮小了呢？回頭客的占比有多少？難道大家不是買了一次就滿足了嗎？」

「妳、妳為什麼會知道啊！」

「你聽好了，透過日葵的ＩＧ做宣傳，不過是代表附加上了日葵這個模特兒的價值罷了。那種宛如野生偶像的女生穿戴在身上的飾品，大家當然都會想要。但實際上真的買了之後，應該會有很多人覺得『感覺好像不太一樣？』吧。畢竟穿戴起來會適合的，就只有長相跟她差不多美的女生而已。」

「唔唔！」

咲姊這番話說得太精確了。

雖然就職失敗的經驗讓現在的她一點也看不出來，但在念高中的時候她可是被譽為「十年難得一見的秀才」。她說的話基本上都是正論，而且還都被她說中，更是狠狠刺入我心。

實際上，她現在這番話也是。我應該沒有說過才是，但她簡直就像看過我的業績資料一般，說得相當準確。

我的花卉飾品，回頭客確實很少。

飾品這種東西就只是一場邂逅。並不是相伴一生的結婚對象，只是如同一時綻放光輝的戀人一般。不眷戀於這一次的邂逅，轉向下一次邂逅才是賢明的選擇。我一直都是這樣告訴自己，但反過來說，這只是不去思考對策的藉口而已。

「你啊，應該還記得跟我立下的約定吧。三十歲之前要是沒有開成自己的店，就要乖乖繼承我們家的便利商店喔。既然你都捨棄爸爸他們希望你成為公務員的期許，至少也要回報一下養育之恩。」

「我、我知道啦。在那之前咲姊會替我看店對吧。」

「還有，你也順便把日葵娶回家吧。等我老了之後生活上要用的資金從你身上剝奪就算了，我希望來照顧我生活起居的人，是個既可愛又機靈的女生呢。」

「妳這番話真的太莫名其妙了，咲姊……」

不要把自己的人生託付給別人家的女兒啊。

雖然我沒資格這麼說，但我家咲姊真是糟透了。

♣

♣

♣

在那隔天放學之後。

當我正要回家時，日葵馬上就拿起書包跟了過來。

「嘿～～悠宇！你今天不去做作品嗎？」

「我有點想睡，所以要回家了。妳今天也去跟別人玩吧。」

日葵回頭看了教室一眼。

之前約她去玩的同學們應該也還沒離開吧。

「不了，我就跟悠宇一起回家吧～～」

「是喔。但我今天想早點回去耶……」

「讓我坐後座吧♡」

「……好，我用走的就是了。」

我在停車場牽回腳踏車。

一走出校門，日葵立刻就把書包放進置物籃裡。她一腳踩上淑女車的後輪軸心，就將雙手搭在我的肩膀上。

「好了，悠宇。我們回家吧！」

「……日葵，妳乾脆用走的吧？」

「咦～～我才不要。我不想走路。」

「這樣直挺挺地站在腳踏車上，不是反而比較累嗎？」

「那不然我坐在坐墊上，悠宇只要像是緊緊抱著的感覺環過雙手……」

「我知道了，這樣就好。妳可不要亂動，避免摔下去。」

妳是想讓我做什麼啊？未免也太丟臉了。

我推著腳踏車，緩緩走回家。日葵一邊哼著歌，更不斷拍打著我的肩膀。

「日葵，妳心情真好啊。」

「呵呵呵～～因為這樣總算能跟悠宇的視線站在一樣的高度了啊～～」

「我很想睡耶，妳不要搖太大力。不然真的會跌倒喔。」

平常就算了，可以的話，我今天很想拋下日葵自己趕快回家。

「這麼說來，悠宇你今天一直在打呵欠耶～～」

「我真的很想睡……」

「熬夜了嗎？你昨天明明就沒跟我一起玩線上遊戲。」

「我看了一下漫畫啦。」

「是喔～～以悠宇來說還真是難得。平常你都只會看我推薦的漫畫而已。」

「下次要做的飾品，我想試著侷限在一個主題上。所以就拿來當作參考。」

「哦～～是怎樣的主題？」

「……『熱情的愛慕之心』跟『深沉失戀的絕望』。」

一如我的預想，日葵爆笑出聲。

她從身後猛力地拍打著我的肩膀。

「噗哈哈哈——！怎樣怎樣？悠宇，你對戀愛產生興趣了嗎？」

她未免逼問得太緊了吧。

不，若是立場對調，我應該也會做出這樣的反應。

「就、就是咲姊她……」

如此這般。

我向她說明了昨天跟咲姊那一段對話的事，她便感到認同般地點了點頭。

「原來如此～確實很有道理呢～我有時候也會希望悠宇的飾品，可以做得更性感一點耶。」

「性、性感……？」

「就是情感的爆發之類，或是在好的層面上呈現出『五味雜陳』的感覺？我這可不是說你的作品不夠格喔。但正因為太過完美，感覺起來也真的像是優等生那樣。」

「什麼，連妳也有這種感覺喔……」

「啊哈哈。咲良姊會那樣說不是因為壞心眼，應該是覺得悠宇也差不多該朝著下一個階段前進了吧？」

……是這樣嗎？

總覺得那個人有著以欺負我為自己生存價值的一面……也是因為這樣才會跟日葵這麼合拍吧。

「下一個階段是什麼意思啊？」

「嗯——該怎麼說呢，比起悠宇自己想做的東西，應該要去重視客人想要的東西的感覺？至今悠宇做的都是自己覺得『這樣很棒！』的飾品，但那就是咲良姊所說的『停滯』吧。如果要繼續做這樁生意，就需要站在客人的立場去想。聽說在零售業中回頭客很少的原因，大多都是這樣

喔～～」

「哦，是這樣嗎？」

「我們家不是持有土地嗎，每年都會有好幾個人說想做點新的挑戰，便來跟我們簽不動產契約。但那大多數都做得不太好，店面很快就收掉了。之前也開了一間新的可頌專賣店，但挑選的地點不太對呢。」

「地點？」

「那附近剛好是國中生上下課的路線。所以才會想鎖定放學時間等時段，準備好剛出爐的麵包……」

「……對耶。光是靠國中生的零用錢，賺不到足以維持整間店的收入吧。」

「沒錯。那附近還有很多養老院跟醫院之類的，但對於時髦麵包的需求性很低啊～～更何況馬路的另一頭就有一間大型連鎖便利商店了。」

「……我能感同身受。」

我們家的便利商店現在是做得還滿不錯的。但要是附近開了一間那種競爭店，現狀或許就會有所不同了。

「就是要像這樣每一個環節都顧慮到。這對做飾品來說也是必要的吧？」

「妳真的很會說服我耶。」

「啊哈哈。這就是悠宇是真誠地面對花卉飾品的證據啊。一般來說，很多人被講到這種程度就會惱羞成怒了呢～～」

……犬塚家應該也經歷過各種狀況吧。

日葵這種與年紀不相符的內涵，實在超可靠的。不只是在ＩＧ之類做宣傳，幕後也給我很大的支持。

「日葵，妳覺得把主題鎖定在『戀愛』怎麼樣？」

「可以啊。悠宇的花卉飾品，主要客群就是女性嘛。女生就是很喜歡戀愛話題呢～～」

她在我身後隔著肩膀朝我的臉看了過來。

……唔喔，拜託不要亂動好嗎，腳踏車會不穩耶。

「所以說，你看了什麼漫畫？」

「五、《五等分的新娘》。我想說這好像是現在最暢銷的戀愛漫畫……」

「《五等分》啊～～但那不算戀愛，而是戀愛喜劇吧？」

「我不知道是差在哪裡。」

「嗯——戀愛作品應該是更著墨於人際關係的感覺……不過這也要端看如何詮釋就是了～～那你有喜歡哪個角色嗎？」

聽見這個問題，我馬上就想到答案了。

「武田祐輔。」

「咦，誰啊？」

「就是那個賭上家教的寶座，要跟風太郎進行考試對決的同學……」

「那個人是男生吧！」

「因為，那傢伙很專情耶。風太郎完全沒有把他看在眼裡，卻還是一直以成績要超越他為目標吧？超堅強的……」

「喔，確實也是可以這樣解讀吧……？」

「而且他也不是跟蹤狂。證據就是他很乾脆地就離開了。我想跟這傢伙成為摯友……」

日葵一聽就生起悶氣，從身後像要壓上我的背一樣跳來跳去的。

「喂──就在這裡！就在這裡好嗎！悠宇你的摯友就在這裡──！」

「我知道，我知道啦！那也只是虛構的故事啊！」

就說了，不要在腳踏車上亂動啊！真的很危險耶！

雖然日葵裝作沒有這回事的感覺，但她的獨占欲其實滿強的……這傢伙之所以跟男朋友都交往不久，大概就是這個原因吧。

「不過拋出這個問題卻沒回答女角的名字，應該是沒什麼收穫吧～～」

「我是有想了幾款設計方案啦……」

我從書包裡拿出筆記本，交給人在後方的日葵。看著我在上課的時候潦草地寫下的設計方案，日葵坦率地說：

「我覺得還不錯，但也沒有令人驚豔耶～～那五個女主角的個性我都知道，卻無法明確想像出哪一個人會戴哪一款的感覺。」

「就是這種感覺。這不過是單純感覺適合那五個女主角的飾品，並沒有表現出那五個人各自的熱情或絕望。」

「就跟無慘大人的爆米花是一樣的道理嗎？」

「什麼無慘大人？」

「《鬼滅之刃》的大魔王。啊，這部漫畫你不用現在看，那跟戀愛沒有關係。不過很好看，我下次再借你。哥哥有一整套。」

「真的假的，謝啦～～」

總之，這樣聊一聊我就明白，即使以戀愛漫畫中的角色為主題，只要無法跟那份情感產生共鳴就沒有意義。

如此一來，就跟做了適合日葵的飾品是一樣的道理。要讓我自己產生共鳴，就必須伴隨體驗才行。

「說到頭來，戀愛是什麼啊？」

「天啊。竟然說出了這種麻煩的話。」

「我就是麻煩，這點妳打從一開始就知道了吧。」

「啊，這倒是～～」

喂，不要一臉笑咪咪地表達肯定啊。

也不要順便戳著我的臉頰，不斷強調什麼：「就只有我能夠應付這麼麻煩的悠宇喔～～好好感謝我吧～～然後再多奉承我吧～～」請收下走出國道十號之後那間麥當勞的奶昔就放過我吧……內心已經完全輸給她了。

「說穿了，妳自己也說過不太明白戀愛情感吧。」

「喂喂喂，悠宇同學。就算不懂這份情感，你應該也知道我超受歡迎的吧？」

「交往都不會超過一星期的傢伙是在囂張什麼啊？」

「哼！戀愛這種事，在告白的那個當下就已經分出勝負了。換句話說，我是最強的。」

「哦。那對戀愛最強的日葵同學來說，戀愛是什麼呢？」

「那當然是想跟一個人接吻之類，上床之類吧？」

「那叫性慾吧……」

雖然早就知道了，但我家這個摯友還真是低俗到令人傻眼。

日葵豎起了食指，一臉得意洋洋地繼續說了下去。

「才不是呢～～要不是喜歡上一個人，也不會產生想跟對方接吻的心情吧？換句話說，在想接吻的那個瞬間，不就代表喜歡對方了嗎？」

「咦？等一下。妳不要突然間講出那麼難懂的事情。」

而且再怎麼說姑且還是個美少女，拜託不要在我耳邊一直喃喃著什麼接吻不接吻的，就連我都開始覺得有點害羞了。

日葵笑得一臉燦爛地向我解說。這傢伙每當從我手中搶走主導權的時候，總是一副神采奕奕的模樣……

「也就是說，想接吻的心情會跟戀愛情感同時產生。當悠宇想跟一個特定的女生接吻時，那就是戀愛情感了。」

「照妳這樣講，戀愛情感就是性慾嗎？」

「某方面來說，性慾本身就是戀愛情感的一種天線吧？悠宇在這方面是偏好哪種的？」

「咦，妳要問這種事嗎？我不太想說喔。」

「胸部大的比較好嗎？」

「逼問得好徹底啊。為什麼？……呃，當然是大的比較好。」

「喜歡黑髮嗎？還是喜歡有點偏紅的髮色呢？啊，前提是長髮喔。」

「為什麼要問到髮色？而且只有兩個選項，也太具體了吧？」

「因為榎榎的髮色有點偏紅嘛。」

「為什麼啦？突然出現榎本同學的名字，害我嚇了一跳。」

「你不會想跟榎榎接吻嗎？」

「所以說為什麼啊？妳這番毫無脈絡可言，狂推榎本同學的念頭是從哪裡冒出來的？」

「我只是想說如果有個原型會比較容易想像嘛～～我絕對沒有想趁著這個話題順便深究悠宇跟榎榎之間的契合度喔～～」

而且若無其事地搬出自己朋友的名字，不會太凶惡了嗎？

喂，不要露出「唉～～真是的，處男就是這樣」那種表情喔。妳自己也只是交往的次數比較多，那方面的經驗也跟我差不多好嗎？

「我放棄了。至少我不曾因為看到現實中的女生，而產生想跟她接吻的心情。」

「嗯——關於這點，我也沒有自己主動這樣想過呢～～」

一男一女湊在一起，聊的內容卻是如此乏味。

但這點我真的沒轍。沒有就是沒有。說到頭來，我們這兩個人要是會像一般人那樣喜歡上異性的話，應該就不會悠悠哉哉地在這邊當摯友了吧？

沒想到我們之間的關係會有這樣的缺點……

「要試試看嗎？」

「啊？」

總覺得日葵好像說了什麼奇怪的話。

我不禁回頭看向她。那雙藏青色的眼睛也直直地緊盯著我。

「跟我體驗接吻。」

「啥啊啊——？」

我不禁停下腳步，日葵的頭就順勢猛力地撞上我的下巴。一個不小心差點連同日葵一起翻覆過去，幸好勉強撐住了。我超偉大。

「痛死了～～……」

「悠、悠宇，你不要突然停下來啦～～……」

我當場蹲了下來，兩個人都拚命忍著陣陣襲來的疼痛感。我跟日葵一副都快哭出來的樣子，對上了眼。

「是說，那樣不行吧……」

「為什麼？」

「因為，妳說要是想跟一個人接吻，就是戀愛情感吧？也就是說……妳是用那種感覺在看待我的嗎？」

「沒啊，完全不是。單純就是最好的朋友。」

？？？？

？？？？？？？？？？？

「這又是什麼意思？」

「悠宇，你沒有想跟女生接吻過吧？」

「是沒有……」

「但說穿了，我們對於『想接吻』這種感覺是怎樣的心情都不知道不是嗎？」

「是沒錯……」

「那乾脆就試試看，也是有可能會意外覺得『啊，我好像知道這種感覺？』對吧？只要知道這一點，接下來就簡單啦～～」

「啊，原來是這樣……」

原來如此。

聽她這麼說，讓我覺得這道理滿煞有其事的。真不愧是日葵。總是會想到我從來沒有想過的好點子……才怪啦，笨蛋。理解個屁啊。這麼說不太好，但我覺得這個邏輯真的是蠢到極點。

「最好是這樣就可以跟朋友接吻啦。又不是義大利人。」

日葵勾起了一抹笑……啊，她在想些不好的事情。

她突然間就牽住我的手，而且還是像戀人般十指交扣。

因為她就這樣拉過我的手，讓我不得不用單手維持腳踏車的平衡。從旁人看來，應該超親密的吧。幸好這裡是小巷子，四下無人真是太好了。

……而且現在是怎樣？我從剛才開始就看不透日葵的想法，感覺有點可怕耶。

「但既然沒有伴隨那種情感，不就跟這樣牽手沒什麼差了嗎？同樣是觸碰到彼此的肌膚而已啊。」

「妳不要把我講成那種好像很想跟女生牽手的可憐傢伙好不好？」

「咦？我就是自己想跟悠宇牽手啊？」

「原來可憐的傢伙是妳啊……」

「別擔心啦，我只會跟悠宇做這種事啊～」

「我才不是在擔心這點……」

日葵用拇指輕輕點了一下自己的嘴唇。

上頭擦著不至於被老師發現的淡淡唇蜜，那沾在日葵的指尖，讓我有種害羞的感覺。

「……要親嗎？」

唔！

等等、等等。我要冷靜一點。

這一定是跟平常一樣的玩笑。反正她一定馬上就會「噗哈——！」這樣取笑我。我跟日葵認

識這麼久了，才不會被這種程度的事情迷惑。

……但不管怎麼說，這還是第一次被她問到「要接吻看看嗎？」就是了。

無論如何，這都是個可怕的玩笑……喂，為什麼臉頰要有點泛紅啊？眼睛好像也變得很水潤……不不不，不要拉我的領帶啊。不過，這真的是超近距離耶。竟然靠到好像會碰到睫毛的地方……天啊，日葵的呼吸還掠過了我的鼻尖。

冷靜點啊，我的心臟。不要這麼小鹿亂撞。這下子可真的不是鬧著玩。是我會被日葵的哥哥殺掉的發展。或者是被強制遷移戶籍成為他的弟弟……嗚哇啊，這傢伙這麼仔細一看，真的是個超級美少女。

我忍不住下意識地閉上了眼睛。

「…………」

咦？

完全沒有親過來。

當我心驚膽顫地睜開雙眼時，眼前只見拚命忍著笑的日葵。

「噗啊哈哈哈哈哈哈哈哈哈哈哈哈哈哈哈哈！」

「…………」

她正猛拍打著腳踏車的坐墊，爆笑不已。頭髮也亂七八糟的，那個清新脫俗的美少女究竟是

跑到哪裡去了？

換句話說，就是這麼一回事。

……我被耍了。

當我抱住雙膝窩在小巷子的角落，日葵就猛拍著我的背。

「抱歉、抱歉。但是，還是會覺得很奇怪吧。」

「呃，我自己也知道啊。但還是覺得很受傷……」

就算從來沒有想跟哪個女生接吻，我姑且還是個純情的男高中生。

日葵還是一樣滿不在乎地咯咯笑著。不過這種個性，要說是這傢伙的魅力倒也沒錯。

「而且現在要是跟悠宇做了這種事，那可不太妙呢～」

「咦，妳說『現在』是什麼意思？」

一臉笑咪咪。

出現了。那是給人感覺「無論如何，引誘人體驗接吻的小惡魔般的我，也是可愛到不行吧？」的笑容。是的，我覺得很可愛喔，但拜託不要再來第二次了。

「那我要不要為了剛才的舉動向悠宇賠個不是呢～」

「不，真的不必了。」

「喂，你這傢伙。是多不信任我啊。」

「應該說正是因為信任妳吧。這還是妳第一次說要跟我賠不是，實在太可疑了。」

「別這麼說嘛。凡事都有第一次啊。我絕對不會讓你後悔的。」

日葵這句話未免說得太帥氣。

沒辦法。當她說到這個份上，在我點頭答應之前就肯定不會退讓。這傢伙生來不是男生真是太好了。她要是男的，現在可能已經有人組成日葵被害者團體要來刺殺她了。

「所以說，妳要怎麼賠不是？」

結果日葵又露出了那個笑咪咪的表情。

看她這副模樣而領悟到「啊，果然沒什麼好事」的直覺，我看大概猜中了一半，只有另一半則是在我意料之外吧。

♣
♣
♣

隔天是星期六，不用去學校上課。

我結束了早上幫家裡打工的工作之後，正在前往市區AEON的路上。

……順帶一提，是搭著黑頭進口車。車子的外觀黑得發亮，內部的座椅也很柔軟。說穿了，感覺甚至比我的床還要好睡。

在這樣的進口車駕駛座上，坐了一名將一頭黑髮往後梳，還戴著太陽眼鏡的美青年。他身上穿著設計簡單但感覺就很貴的POLO衫，以及看起來就很高檔的牛仔褲。不愧是在大學時代有打過橄欖球的人，儘管身形瘦瘦的，體格卻很結實。

他是犬塚雲雀。

是日葵的二哥，也是會叫我弟弟的怪人。當我打工下班的時候，他突然就把車子停在便利商店前，並把我帶走了。

他感覺心情很好地哼著歌。那是去年西野加奈在紅白登場時所唱的歌。

「嗨，悠宇。最近過得好嗎？」

「你好，雲雀哥。好久不見……」

「你最近都不來我們家，害我無法補充內心的悠宇成分，所以只好像這樣跑過來見你了。」

「慶生派對是各位享受一家天倫之樂的場合，我總不能前去叨擾……」

「你前幾天跟日葵一起去吃壽司郎了吧？哥哥覺得好寂寞啊！」

「這都是因為雲雀哥總是會馬上就點高級壽司來吃啊。我很少吃高級的壽司，所以都吃不出味道，總覺得會很愧疚。」

「哈哈哈！我就是喜歡你這種坦率的個性喔♪」

救命啊。

不管我說什麼，這個人都會自我解釋成正面的意思，反而很可怕。而且他自稱我哥哥的宣言太過自然，害我錯過吐嘈的時機了。

「是說，雲雀哥。你為什麼要帶我出來？」

「哎呀？我們家日葵沒跟你說嗎？」

「我只聽她說好像要去哪裡玩。她沒告訴我時間那些詳情。沒想到你竟然直接將進口車停在便利商店的停車場，讓我爸媽都嚇了一大跳。」

「這還真是抱歉。那今晚就請我常去的壽司店外送到你家作為賠罪吧。」

「拜託你千萬不要這麼做。我爸媽很現實的，你要是這麼做了，我就真的會被送去犬塚家入贅當女婿。」

「哦哦？這真是個好消息。不然以後就天天送，菜色也每日更換如何？」

「請你再多替自己的妹妹著想吧！」

這個哥哥，感覺真的有只把妹妹當成可以讓我成為他弟弟的道具的一面。日葵也是，我究竟是哪一點被他們看上了啊……

這時，我們抵達了位於市中心的AEON。這對當地居民來說實在太過熟悉，已經不會產生任何感慨了。甚至有比起父母的臉還更常見到AEON的感覺。

雲雀哥將車子停在AEON的正門口。

「那麼，我的任務就到此結束了。」

「咦？雲雀哥，你今天不是要跟我們一起行動嗎？」

雲雀哥取下太陽眼鏡，他那雙跟日葵不同的漆黑眼眸閃現了一瞬光輝。

「等一下我要為了擊潰那些在職場高層尸位素餐的惡劣老人們，去整理一些資料。我本來很期待可以跟悠宇一起搜刮動漫周邊耶……這就是社畜的可悲呢♪」

颯爽留下這番不得了的發言，雲雀哥這就離開了。

……雲雀哥該不會真的只是為了見我一面而來的吧？搞不懂他究竟是認真的還是在開玩笑這點，就跟日葵一模一樣，有夠可怕。

「……是說日葵人呢？」

總之先傳LINE問她好了。

站在一片落地窗的入口前，我一邊滑起手機時，突然就有人從身後拍了拍我的肩膀。回過頭一看，只見那個找我出來的當事人——日葵就正在眼前。

「嘿～～悠宇！」

她身後似乎散發出一股嚇人的氣場，臉上笑咪咪地掛著微笑。

該怎麼說呢，就像在表達「呵呵呵～～穿上便服也是如此可愛的我陪侍在側，竟然還敢穿那種怎麼看都像是剛結束便利商店打工的服裝，是在小看我嗎，殺了你喔！」的感覺。確實這樣大幅露肩的春季針織上衣，搭配工作褲的打扮很適合日葵這個中性美少女，而且也很可愛，但都是妳哥那樣催我，害我沒時間換衣服啊……

「悠宇，我老是跟你說，對於時尚的敏銳度就要從自己的穿搭磨練起吧！」

「既然如此，妳能不能再多給我一點時間啊？我突然就被雲雀哥帶走，連午餐都還沒吃耶。」

「真是的～～你這樣會被可愛的女生討厭喔～～」

「我知道妳很可愛，但事到如今妳也不會介意這種事了吧……」

畢竟這傢伙連我的內褲圖樣都一清二楚……啊，不。這不是奇怪的意思，只是她之前跑來我家玩的時候，有亂翻過我的衣櫃之類的而已。

真是的。都是她昨天說什麼要體驗接吻這種話，害我在奇怪的地方差點想歪。

「唉～～你這個男人就是這樣，才會不受歡迎吧～～」

「咦，是怎樣？妳今天講話特別帶刺耶。」

「今天有特別嘉賓呀。不是只有我們一起逛喔。」

「啊……？」

我沒聽說有這回事。我還以為只是像平常一樣，跟日葵來採買製作飾品相關的東西。

日葵「嘿！」地笑了一聲，就豎起拇指指向另一邊。我朝著那個方向看過去之後，不禁愣了

一愣。

「真的假的……」

才想說有個感覺很成熟的黑髮美人站在那裡，就發現是榎本同學。她一察覺我的視線之後，便跨步朝我走近。

「……你好。」

「妳、妳好。」

我們交換了一個生疏的招呼。

她會朝我們這邊走過來，就表示並非偶遇對吧？這也理所當然。假日的行程是要多麼巧合才會如此一致啊。

我把日葵拉了過來，連忙向她確認現在的狀況。

「咦，現在是怎樣？為什麼榎本同學會出現在這裡？」

「她當然會出現啊～今天就是要跟榎榎一起逛街嘛～」

「我可沒聽說有這種事！」

「因為我沒說呀！」

我的摯友真是爛透了。

她應該是預測到如果事先跟我坦言，我就會感到退縮並不會赴約吧。她的猜測確實沒錯，但

這讓我感受到認識太久的壞處。

哎呀。榎本同學一直瞪著我們這邊。不，應該只是在看我們而已？這個女生本來就是一臉心情不好的樣子，讓人難以捉摸。

「榎、榎本同學，今天真木島沒來啊？」

「……小慎去參加社團活動。」

「這、這樣啊。真辛苦呢。」

「……那又跟我沒關係。」

「喔。這倒是。」

……太奇怪了。我怎麼覺得前天感覺有點聊開了才是。難道這個女生是只要經過一晚，台詞就會恢復的遊戲中的村民嗎？

這時日葵湊到我們之間，交互地看著。

「嗯嗯～～？你們兩個感覺是不是有點生疏啊？」

「呃，突然在沒有任何事前通知的狀況下被湊在一起，當然會困惑吧。只是日葵妳知道這件事，才不這麼覺得而已。」

「咦～～但榎榎知情啊。說穿了，我們今天會出來，也是榎榎提議的耶～～」

「……是喔？」

突然間，日葵就被身後的人摀住了嘴。

榎本同學用雙手壓制著日葵，把她拖到遮蔽處去。

「小、小葵！」

「對不起嘛！我知道錯了，妳不要拉我的衣服啦——！」

後來她們就竊竊私語地開了一場作戰會議的樣子。太可疑了。我現在只想立刻回家。

不久後，兩人便回來了。

日葵輕咳了兩聲，接著用裝模作樣的感覺開口說：

「悠宇啊。關於下次ＩＧ貼文的拍攝內容，你有什麼想法了嗎？」

「下次？」

她指的當然是用日葵的帳號替花卉飾品做宣傳的貼文。這麼說來，距離上次的貼文已經過了快一星期。

已經差不多是得準備下一個計畫的時期了。

「這麼說來，我完全沒有想法耶。」

「呵呵呵～～這樣不行喔～～讓我們再更貪婪地做生意吧～～」

「但用冬天開的花做的飾品，幾乎都做完了吧？現在剛好是在等待春天的花綻放的階段……」

「不如說，正因為是這樣的時期，才更是做些新挑戰的好機會啊！等到忙起來的時候，就沒有這種從容了呢。而且只要從花店進鮮花來做就好了啊。」

她說的確實也有道理。趁現在徹底探究咲姊說的以「戀愛」為主題的飾品，若是能在下一批飾品出貨時看出反應就好了。

「但新挑戰是要做什麼？」

「我想說像是平常IG拍攝的『番外篇』，感覺好像還不錯～～」

番外篇？

日葵拍了一下雙手，接著直直伸出雙臂指向榎本同學。

「只有這次機會！榎榎似乎願意擔任飾品創作者『you』的臨時模特兒喔～～！」

什麼！

就連我也驚訝不已。未免跳過太多階段了吧。

「妳說榎本同學嗎？為什麼？而且妳跟她說了我的事情喔？」

「呃～～這算是我說的嗎，應該說是被榎榎發現了吧。」

真的假的……

一跟我對上眼，榎本同學就一臉微妙地點了點頭。

「……手邊竟然隨時備齊那麼多種飾品零件，怎麼想都太可疑了。」

「啊，對耶……」

我無從反駁。因為平常都只跟日葵來往，害我完全喪失一般來說的概念了。

……不過，這倒是無所謂。反正我也沒有在隱瞞這件事情。更何況總有一天自己開店之後，我也必須站上前露面才行。

「但為什麼是請榎本同學擔任模特兒呢？」

「她跑來找我商量，說不知道有沒有什麼可以答謝你幫她修好飾品的事～～我就想說，既然如此，偶爾替我以外的人做做看飾品好像也可以吧。悠宇你啊，可以用飾品當作藉口跟這種美人要親密，簡直超幸運耶～～」

不要這樣戳著我的側腹嬉鬧啦。與其說是一種幸運，這事情真的來得太突然，讓我不知道該做何反應才好。

日葵這時便向榎本同學取得她的認同。

「榎榎？妳說對吧～～？」

「……唔！」

榎本同學猛地點了點頭。

……雖然搞不太懂，看來她並沒有覺得不甘願。儘管是天外飛來一筆的事情，讓人感到莫名其妙，不過既然本人都同意了，那也沒差吧。

「簡單來說，就是看能不能透過更換模特兒，進而刺激一些靈感對吧？」

「沒錯。啊，順帶一提，這次拍攝的場地我也確定好嘍。榎榎他們家的蛋糕店說可以借給我們用的樣子。」

「真的假的！這樣不會給店裡帶來麻煩嗎？」

「我也得到榎榎的媽媽同意嘍。她說如果是兩星期後的黃金週那段時間，反正客人也不多，所以沒問題～～」

日葵再次看向榎本同學。

「對吧～～？」

「……！呃，這個嘛……我打電話問媽媽看看！」

她慌慌張張地拿出智慧型手機……啊，掉地上了！

「榎本同學，手機沒事吧？」

「別、別擔心。因為常會摔到，所以我有貼了玻璃保護貼……真是的，小葵。妳不要講得那麼突然啦。」

一邊喃喃著這番怨言，她開始操作起手機進行通話。

「……喂，日葵。妳其實根本沒有取得人家的同意吧。」

「呵呵呵～～榎榎的媽媽最喜歡這種活動了，她不會拒絕啦。」

重點不在這裡好嗎？

榎本同學一副超級傷腦筋的樣子耶……啊，在跟媽媽商量的榎本同學，伸出右手比了一個「○」。看來是答應了。

就算兩家人現在也有密切來往，這樣也太亂來了吧。

「……日葵，妳這次的做法是不是比平常還更強硬啊？」

「哎呀～～畢竟榎榎也是很容易退縮的個性啊～～如果要一一取得同意，不管等多久都會遲遲沒有進展嘛～～」

「啊？什麼意思？」

「呵呵呵～～我才不告訴悠宇呢～～♡」

她用那張完美無缺的笑容，不由分說地讓我閉上了嘴。

感覺她就在謀劃一些奇怪的事情，害我真的很想自掏腰包攔計程車回去……

♣ ♣ ♣

這種偏鄉的AEON購物中心裡，並沒有電影院那種時髦的東西。

只有食品賣場、餐飲店，還有占據整層二樓的服飾店。另外就是專賣貴得要命的健康器具的

活動會館等等。

我們在那二樓的一隅。

電梯旁邊有間我們常去的飾品專賣店。基本上都是女性用的小東西，但也有在販售品項豐富的飾品零件。

在那裡，我們將榎本同學當成換裝娃娃一樣玩得很開心。

「悠宇，你覺得這個紅色的石榴石如何～～？」

「很不錯耶。榎本同學果然就是適合紅色。」

「要挑暖色系的話，我覺得這邊這款橘色的也很好看。」

「喔～～這麼說也有道理……」

我跟日葵聊著聊著，這時一直隨我們比對飾品的榎本同學一臉微妙地說：

「總覺得夏目同學，好像比平常還更神采奕奕……」

「咦！啊，抱歉。會、會讓妳覺得很噁心嗎？」

「是不會覺得噁心啦。該怎麼說呢，只是有點意外……」

不，她肯定是那麼想的吧。不如說因為挑明講了反而讓她有點退縮。

察覺到我們之間這樣的氣氛，日葵便用明亮的聲音趕緊圓場……

「哎呀～～悠宇這點真的很噁心吧～～」

「喂，妳這傢伙。剛才那個時機點應該是要說『沒這回事』才對吧。」

「啊？但就真的噁心啊。不好意思，確實非常噁心喔。我每次都覺得悠宇在踏入飾品店的瞬間，都會做出莫名的勝利手勢，真的超～～噁心。」

「拜託妳不要一本正經地指出缺點啦！而且這種事就算心裡這麼想也不能說出來！」

這也沒辦法啊。一踏入飾品店我就會很亢奮嘛！

我們在講這種相聲時，夾在我們中間的榎本同學忍不住顫抖起肩膀。

「噗。咕呵呵……啊！」

發現我們看向她的視線之後，這才連忙撇過了頭。

日葵一臉得意地說：

「榎榎的笑點也滿低的嘛～～」

「喂，日葵，那真的別說出來。」

妳看，這不就害她滿臉通紅了。這個女生真的很禁不住打擊耶。真虧她可以跟那個日葵從小玩到大。

「那個，夏目同學、小葵……現在這是？」

重新振作起來的榎本同學這麼問道。

她似乎不知道為什麼自己會被當成換裝娃娃一般對待。

不過，我們也沒有跟她解釋就是了。突然間就被帶到飾品店，並接連比對起各種礦石，她應該也會感到很費解吧。

「我想說既然妳要擔任模特兒，就要討論一下適合榎本同學的飾品類型……」

「喔，原來是這樣……」

榎本同學也能接受的樣子。

雖然可以接受這個原因，但害羞的心情依然沒有消弭就是了。而且剛才店員也一股腦兒地拿了各種新款飾品過來。

……只要素質夠好，推薦起來也會覺得特別起勁吧。我懂我懂。

「啊，悠宇。你拿那邊的項鍊過來。」

「妳自己去拿啊。」

「我現在在玩榎榎的頭髮啦～～」

「那是什麼，鯊魚夾嗎？」

「榎榎的肌膚很漂亮，我想說把頭髮盤起來應該還不錯吧。」

「喔～～原來如此。」

這真是不錯。具體來說，女生露出頸項的可看度很高。如果像是榎本同學這樣的美人，光是如此甚至就能得到優勝了。

「畢竟我現在是短髮，這樣說不定也會讓人覺得滿新鮮的。」

「也是呢……榎本同學，機會難得，妳要不要試試看？」

榎本同學點了點頭。

既然取得本人的同意了，就正大光明地試試看吧。

我從展示櫃當中取出一條陳列其中的樣品項鍊，並想拿給榎本同學，但是……

「喂，日葵。不要把東西塞滿榎本同學的手啊。」

「因為榎榎的頭髮很長，我拿不了這麼多嘛。」

我對上了榎本同學那雙困惑的眼神。她的手上放滿了一大堆新款飾品。

隔著榎本同學的肩膀，日葵探出頭來。

「悠宇幫她戴上不就得了。」

「咦……呃，榎本同學應該不願意吧？」

讓一個不太熟的男生替自己戴上飾品，應該不是很好吧。

但日葵露出笑咪咪的表情。她對榎本同學耳語了一陣。

「榎榎，妳覺得可以吧～～？」

「咦？啊，這……」

她朝我瞄了過來，並對上了眼。

雖然有些遲疑，她還是點了點頭。

「我覺得那樣也沒差……」

「妳不用管日葵怎麼說啦。」

「我、我也不是因為她說了什麼才做出決定。只是真的沒關係……」

這樣啊……

榎本同學感覺就很受歡迎，可能還滿習慣跟男生相處的吧。雖然她給人的印象不太像那樣就是了……或者她可能是沒有把我當異性看待。

在此要是只有我表現出很不甘願的樣子，感覺就會被說「討厭啦～～夏目同學太自以為是了吧～～好噁好噁好噁心～～」。那樣也滿難受的，還是趕緊做完這件事吧。

「那就請妳先別亂動。」

「唔，嗯。」

榎本同學的背後被日葵占據了。

這下子我也只好從正面伸手環過她的脖子，將項鍊的釦環帶到脖子後頭。

這時飄散出一陣甜甜的香氣。

她是不是有噴香水？日葵不會噴那種東西，感覺滿新鮮的。

就像日葵說的，她的肌膚很漂亮，頭髮也保養得宜，顯得柔順又飄逸。畢竟姊姊是模特兒，這應該讓榎本同學也滿在意自己的打扮吧。這樣的美人竟然答應擔任飾品的模特兒，往後不知道會不會再有這麼好的事情發生。雖然剛才發展得太過突然，讓我有點嚇到，但也要好好答謝日葵才行。

我一邊想著這些事情，項鍊的釦環也扣好了。就在這時，隔著肩膀看過來的日葵忽然瞇細了眼睛

……死定了。這傢伙又在想些奇怪的事情了。

「欸，悠宇，我今天一直在想啊～～」

「怎、怎樣？」

日葵堆起滿臉的笑容。

她托起右手，用感覺嬌滴滴的聲音對我低語：

「榎榎的便服相當性感呢～～」

「噗呼！」

我跟榎本同學同時抖了一下。

我的眼神也下意識地朝著下方看去。她今天的服裝是皮革夾克配上輕薄又帶有光澤的襯衫，而下半身是可以看見大腿的短裙。

平常她都把制服穿得鬆垮垮的，所以沒有留下太深刻的印象，但仔細一看她的身材真的超

好。真的就跟模特兒一樣。

是說，胸口超不得了。

襯衫的衣襟比較開，所以分量感十足。不禁讓人覺得這是什麼性感寫真嗎？

……我無意間抬起眼時，就和一副快哭出來，渾身還抖個不停的榎本同學對上了眼。這才連忙撇開了視線。

「日、日葵！」

「噗哈——！我開玩笑的啦。悠宇，你做出這麼露骨的反應，會被發現還是處男喔～～」

「少囉嗦啦！妳不要講那些廢話……是說妳快跟榎本同學道歉！」

不過那個榎本同學這時繞到日葵身後，並狠狠抓住她的脖子。一張臉紅到不能再更紅的程度，她用飽含埋怨的聲音說：

「小～～葵～～……！」

「好啦好啦，榎榎也冷靜一點……好痛痛痛痛。榎榎、榎榎，不要再抓住我的脖子了。那根本就是在讓惡作劇的貓閉嘴的拎法嘛。我又不是貓～～」

完全是天譴。

不如說覺得跟貓的惡作劇差不多的那個當下，罪孽就夠深重了。

……但是，那個啦。看起來成熟穩重的榎本同學，像這樣氣到鼓起臉頰的樣子，不禁讓我覺得滿可愛的。

「喏，榎榎。悠宇說會請妳吃午餐作為賠罪喔。」

「給我等一下。這很明顯是妳的責任吧。」

「咦～～爽到的是悠宇吧？」

「這樣毀謗也太過分了。要不是妳做些奇怪的事……」

「啊，我想吃咖哩～～我們去一樓常去的那間印度餐廳吧～～」

「妳還真的沒在聽我講話！」

在這邊喧鬧了一陣子，店員朝我們瞪了過來。

是的，這會給其他客人帶來麻煩呢。今天我們到此撤退吧。買了試作時會用到的飾品零件之後，我們便離開了飾品店。

♣ ♣ ♣

吃過比較晚的午餐之後，我們繞去一樓的花店看看。

既然買了試作用的零件，接下來就要進一些鮮花的樣品了。那這些東西到學校試做，並在黃金週前決定好拍攝要用的新作品。

這間店規模雖小，種類卻非常齊全。鮮花也都照顧得很好，總是散發著新鮮的花香。

店內展示著以永生花製成的華美花束，這類商品正好可以拿來當作伴手禮或是禮物。像是萬聖節或聖誕節的時候，還會將花束擺進作成南瓜或是聖誕老人形狀的容器之中販售。

一踏進店裡，這個空間就充斥著鮮花的好聞香氣。

首先引人注目的，是擺滿一大面牆的大型展示櫃。隔著整片玻璃的櫃子裡，正展示著在常溫底下很快就會枯萎的纖細鮮花。櫃子底部有細細清水流過，潺潺的水聲正好成為一道清涼的背景音樂。

幾乎跟我們等身高的櫃子，比鄰陳列在店內的通道上。那裡擺放著一個個工作人員所準備的，插花時會用到的花瓶。店門口那一側擺放著色彩繽紛的花卉，走進到店內深處之後，就能見到陳列了一些像是百合之類色彩簡單的花瓶……這裡還滿狹窄的，所以我總是要側著身走才行。

在那深處的牆上，裝飾著一整面垂著綻放的花。像是紫藤花之類，或是垂吊矮牽牛那種藤蔓會層層蔓延那類型的花卉。

「哇啊！」

榎本同學沉醉地抬頭看著。

眼前那就像是用鮮花促成的色彩繽紛的海嘯一般。其他花店不會擺放如此大量的鮮花作為裝飾，但這裡的展示相當精采。我第一次看到的時候也十分震撼。

榎本同學感覺很興奮地說：

「夏、夏目同學！我從來不知道有這麼漂亮的裝飾！」

「妳喜歡就太好了。這裡的展示很有誠意吧。」

「嗯，對啊。跟那個時候很像呢！」

「……那個時候？」

我這麼回問，榎本同學突然就驚訝地回神過來。

接著便說「沒、沒什麼……」就逃到另一邊去了……這是怎麼回事啊？我做了什麼奇怪的事嗎？

「……算了。」

雖然內心覺得有點受傷，總之還是先挑選要拿來試做的花吧。

我在店內隨意晃來晃去的時候，日葵馬上就靠了過來。她手上拿著一盆小小的仙人掌。那應該是要買給她爺爺的伴手禮吧。那個人很喜歡盆栽之類的東西。

「悠宇，你決定好要買什麼了嗎～～？」

「嗯——總之呢，既然剛才覺得暖色系的感覺比較適合，應該就會配合這點挑選吧。」

我看向鮮花的展示櫃。

日葵指著那其中一隅說：

「像是石竹或萬壽菊之類的呢？」

「那些學校就有在種了。既然都要進花來做，我就想挑選我們沒有種植的類型。」

「那薔薇呢？」

「那確實是關於『愛』最具代表性的花呢。但我有點不太想用耶。」

「為什麼？」

「那個就像是『美人帶刺』的代名詞吧？不過榎本同學她……就是……」

日葵「噗」地噴笑了出來。

看樣子她聽出我想說的話了。

「榎榎確實正好相反呢～～」

「感覺帶刺，但其實好像超坦率的。」

「你也越來越懂了嘛。榎榎很可愛吧？」

「嗯，我是覺得她可愛啦。」

只是有種「但那又怎樣？」的感覺就是了。

榎本同學是很可愛，但也不是往後都跟我有關係。她這次只是為了答謝我修好飾品，才會答應擔任模特兒。

這時，日葵嘆了一口氣。

「悠宇，你也太乾枯了吧～～難以想像是會做出那麼漂亮的花卉飾品的人呢～～」

「哼！那還真是抱歉喔。但又沒關係，反正我有日葵就夠了。」

「咦～～那是怎樣？你總算想將戶籍遷進犬塚家了嗎？」

「妳的思考邏輯已經不只是飛躍式的程度而已了……」

我只是想表達每天都過著很開心……我絕對不要成為那個人的弟弟！

後來，原本在另一邊看花的榎本同學也來到了附近。這時，日葵立刻牽起她的手，將她拉了過來。

「榎榎，妳覺得哪一種好呢～～？」

「哇！小、小葵……」

女生在花卉的包圍下嬉鬧著，如詩如畫。

而且人物臉蛋又非常好看。說真的，就算只將眼前這片光景上傳到ＩＧ，感覺都能稱霸了。

「榎榎也說說看妳喜歡什麼樣的花嘛～～這是為了榎榎挑選的花呀～～」

「這、這個嘛，我也不太懂……」

「別擔心、別擔心。比起理論，這種東西更該靠著直覺去挑選。」

「但、但是……」

不知為何，榎本同學直直盯著我看。

這是為什麼啊？她剛才也是對我的態度格外生疏。我有做了什麼奇怪的事情嗎……啊，這麼說來剛才試戴項鍊那件事，還沒向她道歉耶！

「日、日葵，那個……」

「怎麼啦？」

「就是……剛才那個。沒有好好向她道歉……」

「……啊～～抱歉抱歉。我完全沒有顧慮到這點呢～～」

真不愧是日葵。我只是這麼講，她就察覺到我想說什麼了。

我希望日葵能居中調解，讓我們好好向她道歉。人家難得都答應擔任模特兒了，一直讓她覺得不舒服也不太好。

於是，日葵對榎本同學開口了。

「我覺得有點渴，去那邊的Tully's買杯飲料喔～～榎榎，一樣幫妳買杯甜的可以嗎？」

「等等，日葵！」

日葵露出笑容，朝著我直挺挺地豎起拇指。

不是，沒有人在跟妳說「我想跟榎本同學兩人獨處，所以請妳迴避一下」這種話啊。幹嘛露出那種達成一項大工程般滿足的表情啊？這傢伙根本就沒有察覺我的意思嘛。不，應該說她正是察覺到了，才會這樣惡作劇吧。

「日、日葵！妳這傢伙絕對是故意的吧！」

「這也是訓練的一環嘛。你的目標是要成為能夠滿足顧客的飾品師傅吧？」

「是、是沒錯啦……」

「而且我也真的口渴了啊～～那麼，祝你好運！」

她要離開的時候，還拍了拍榎本同學的肩膀。

「榎榎也是喔。」

「……！」

留下這句好像別有深意的話，日葵就走出花店了。

……榎本同學也是？這是什麼意思？

啊，算了。更重要的是榎本同學吧。她想必會感到很無助。

「日葵也真是個讓人傷腦筋的傢伙。」

「對、對啊……」

「這麼說來，妳們從國小就是朋友了對吧。日葵小時候對人的態度感覺就是那麼強硬嗎？」

總之，先用共通的話題掌控彼此之間的氣氛吧。

日葵同學超方便的。不過只能用在榎本同學身上而已，用途很侷限就是了。

「我跟著外送去他們家的那時，小葵是個更文靜的孩子……」

「這、這樣啊。還真是難以想像耶。」

「她一直窩在房間裡讀繪本。是小葵的媽媽請我跟她當朋友……」

「哦～～總覺得就立場來說，是跟現在相反的感覺嗎？」

「大概吧。可是，我完全沒讓她敞開心房。雖然曾拿點心之類的東西去吸引她，但她都只拿了點心就跑……」

我忍不住噴笑了出來。

沒有做好心理準備，結果完全戳中我的笑點了。當我拚命憋笑的時候，榎本同學感到心有不安地說：

「怎、怎麼了嗎？」

「不，我只是覺得日葵的那種行動，真的跟我們家的大福一模一樣。」

「大福？」

「貓的名字。我家有養貓啦。牠超黏姊姊她們，唯獨不肯黏我。即使拿著肉泥點心在牠面前晃來晃去，也只會搶了點心就跑走，這點就跟小學時的日葵一樣呢。」

「啊，好好喔。我們家是做食品的，所以媽媽說不能養寵物……」

「如果是狗之類的，不是可以養在屋外嗎？」

「媽媽小時候好像曾被狗咬過……」

「啊～～原來如此。牠們或許只是想跟我們玩，但那爪子跟尖牙確實滿嚇人的。」

「我很喜歡貓，所以覺得很羨慕。」

「那妳下次要來我家玩嗎？姊姊她們嫁出去了，所以都沒有人陪大福玩，牠感覺很閒……」

咲姊老是嫌麻煩，最近都不太跟大福玩。爸爸媽媽又要忙於工作。

但不知為何，牠就是不肯跟我玩。我甚至能感受到牠那種「要屈服於你我還寧願去死」的固執……嗯？

「…………」

榎本同學的臉漲紅了起來。

為什麼？我有說了什麼奇怪的話嗎？

……有，我說了。

死定了。這樣根本是拿貓當藉口，只為了把女生帶進家裡的搭訕渣男嘛。等一下等一下。再怎麼說這發展也太快了。不，重點不在於快慢……不是啦，我要趕緊圓場！

「當然，是跟日葵一起來！」

「唔，嗯……謝謝。」

很好，過關。

雖然感覺出局了，總之對話繼續進行了下去。現在難道要就這樣繼續呆站在展示櫃前，等到

日葵回來嗎？

「說真的，榎本同學覺得用哪種花比較好呢？」

「我覺得都可以……」

「其實，這次的方向性是想遵循模特兒的要求。我單方面決定了這個方向真的很抱歉，但可以的話，我還是想聽聽妳的喜好……」

「嗯——……」

榎本同學一臉認真地陷入沉思。

過了一陣子，她悄聲地說：

「……大一點的。」

「妳的意思是，大一點的花嗎？」

「唔，嗯。我比較喜歡大一點的花。」

方向相當明瞭。這讓我覺得像這樣聽取對方要求，確實是一件重要的事。而且應對也很簡單。如果這樣就能提升顧客的滿意度，那無論多少要求我都想聽。

「那樣或許真的很適合榎本同學呢。」

「是嗎？」

「因為，榎本同學是個超級美人吧？應該說是很吸引人注意的那種類型。就算是用大朵的花做成的飾品，我想妳本身的存在感也不會被蓋過去。實際上那個曇花的飾品也很大，榎本同學卻能完美地讓它融入自己的形象之中……咦？」

總覺得榎本同學的臉變得一片通紅。她用手背遮掩住嘴角，不願將臉面向我這邊。

我剛才那番說明，有說到什麼讓她介意的事情嗎？不，這樣的應對就跟被日葵捉弄的時候一樣……是說，我嘴上狂追人家耶。讓我有種好像平常在跟日葵講話時的感覺。

「那、那個，我沒有奇怪的意思……」

「我知道。你不用每次都這樣澄清……」

「總覺得各方面來說都很抱歉……」

真是大失敗。

從剛才開始，我的理性抑制器就故障了……為什麼啊？竟然能跟日葵以外的女生聊到這種程度，這是平常絕對不可能發生的事。

當我在內心顫抖個不停時，榎本同學主動開口：

「所、所以呢，你覺得要選哪個？」

喔喔，對話順利進行下去了。

非常感謝您。榎本同學的外表看起來難以親近，但其實真的很體貼。

「大大的花，而且主題是『戀愛』啊。乾脆就挑選花語是『愛』之類，或是『體貼』的鬱金

香，感覺好像不錯……」

「……鬱金香……是那個鬱金香嗎？」

榎本同學看起來相當無法理解。

不過，確實會是這樣的反應呢。鬱金香雖然大眾，但也因此反而是一種鮮少人知道其真正姿態的花。

「鬱金香常被拿來作為童謠之類的題材，所以給人一種幼稚的印象，但實際上看起來，是一種相當性感的花喔。妳看，展示櫃的這邊也有放吧？像是這個酒紅色的花，我覺得就很適合榎本同學。」

我指向擺放在展示櫃的一隅，有著五色鬱金香的花束。

榎本同學深感興趣地看了過去。那花就以猶如縮起嘴巴般的形狀綻放。大大的花瓣摺下再交疊的樣子，給人一種幾何圖樣的神祕印象。

「真的耶。總覺得很成熟……」

「隨著開花方式不同，給人的感覺也會跟著改變喔。」

「開花方式？不是全都一樣嗎？」

「鬱金香是一種會隨著氣溫而變開花方式的花。這個展示櫃裡是維持著一定的溫度，所以不會有什麼改變，但如果是種在外面就會一目瞭然。之前我跟日葵觀察了一整天的影片還留著，如果妳有興趣的話……」

話說至此，我就不再講下去了。

因為，榎本同學一臉茫然的樣子回望著我……我久違地搞砸了。

「對不起。講這種事情，只會讓妳覺得噁心吧……」

「咦，為什麼？」

「呃，因為以前常發生這種事。我對棒球或電視劇之類的東西，本來就沒什麼興趣。也因此……不對，或許也不全是這個原因吧。總之我從小就很難聊，所以也沒有朋友，還被人說過一百萬次『你說的話太無聊了』。」

而且我們家又是四名女性、兩名男性這種女帝獨權的感覺。讓我很少意識到男生都在玩些什麼。而且爸爸媽媽都一直忙於工作，這也是沒辦法的事。

然而這對小孩子的圈子來說不成理由。玩些比較像女生的東西就會被排擠，話雖如此，姊姊們凶暴的印象太過強烈，也讓我無法融入女生的圈子裡。

小時候……我真的沒有朋友。一直都在玩著花花草草。會認同我這種興趣的人，應該也只有日葵了吧？

「那我去結鬱金香的帳。榎本同學，妳去店外面等日葵……」

當我正要走向結帳櫃檯時，就被挽留下。

回頭一看，只見榎本同學正用手指拉住我的衣袖。她抬起頭來一直看著我的臉，用有些顫抖的聲音問道：

「你為什麼那麼喜歡花呢？」

「…………」

我愣了一愣。

還真沒想過她會問起這點。但我也能明白她好奇的心理。至今也有很多傢伙都是為了捉弄我而這麼問。

「我非得回答這個問題嗎……？」

「嗯。」

「呃，我很感謝妳來幫忙擔任模特兒，但要我跟妳說這麼私人的事情就有點……」

「快點說。」

真的假的……

榎本同學是不是那個啊？其實是個不太識相的人嗎？這讓我有點意外……好像也不會。總覺得確實有種唯我獨尊的氣場。

我無法反抗榎本同學的命令……應該是因為榎本同學跟姊姊們有些相似之處的關係。

一旦被那雙猶如珍珠般的漂亮眼睛盯著看，我就不禁緊張起來。心臟怦怦跳著，喉嚨也覺得乾渴，就連身體都動彈不得。實際上只不過是被那纖細手指抓著衣袖，我卻無法甩開她。

我看向戴在她的左手腕上，我做的那個花卉飾品。

曇花。

只綻放一個晚上的美麗花朵。

那種花在綻放之前，花苞會朝著上方散發出芳香，花瓣也會跟著綻開。

與曇花豔麗的外表相反，花朵的香味強烈。由於味道實在太過獨特，也有很多人並不喜歡。

但是，一旦成為那股香氣的俘虜就完了。人就會為了追求那一個晚上，而且還只綻放幾個小時的邂逅，投注心血去照顧曇花。

看著榎本同學認真的雙眼，我腦中不禁想著這些事情。

我坦言道：

「……我在念小學的時候，有一次在旅行時去了隔壁縣的植物園。妳知道嗎？就在靠近由布的溫泉區。」

「嗯，我知道。那裡利用溫暖的地面，展示一些熱帶植物對吧。像是仙人掌之類，或是亞馬遜王蓮等等……」

她很快就回答出來了。

可能是榎本同學也曾經去過吧。

「我在那裡跟姊姊們走散了。雖然一直到處找她們，但走到一處溫室時便覺得累了。我想說在那邊休息一下的時候，認識了一個可愛的女生。」

那是個身穿白色洋裝，有著一頭黑髮的女生。

我不知道她是從哪裡來的。而且那個女生也迷路了。

總之，她是個相當可愛、個性非常內向的女生。她一個人蹲在溫室的角落，抽抽噎噎地哭著。分明我自己也是跟家人走散，正覺得傷腦筋，但拿那個女生沒轍，就還是陪她一起去找她的家人了。

那個女生一直哭，甚至更添了麻煩，但她緊緊抓著我的衣角不放……總覺得也不能就此放著她不管。

當時的我並沒有想到只要請附近的工作人員幫忙就好，總之就是四處尋找，直到找到那個女生的家人為止……我們就這樣道別了。

「那個女生任性地說想要展示的花。看她實在哭得太慘，我就幫她摘了下來。其實是不能這樣做的，但那時還是個小學生，不懂事嘛。那個女生就一直拿著那朵花，還說要當作今天的紀念帶回家。只是當我們找到她家人的時候，花已經枯萎了。」

……仔細想想，就是從那時候開始的。

我自此就對花抱持興趣，不知不覺間……就找到了能讓花卉長久保存的方法。

「不只是種花而已，只要好好進行加工……這樣的花說不定總有一天就可以送到那個女生的手上……啊！」

話說至此，我才突然回過神來。

扯太遠了。榎本同學只是想知道我喜歡花的理由而已。根本沒必要講到之後進而開始製作飾品的原委。

這段小插曲實在太沒出息，也被日葵笑過一千萬次。

「……很、很噁心吧？所以拜託妳就這樣放過我好嗎？」

我甩開了榎本同學的手。

動作似乎有些粗魯，但我也顧不了這麼多了。唯有這件事情，我實在不想跟其他人講。真的只有跟日葵說過而已。

「我去結帳這個鬱金香……咕呃！」

我又從後方被拉住了。

這次她抓住了我的衣領，比剛才更讓我感受到性命受到威脅。

「怎、怎樣啦？榎本同學，剛才那番話有這麼可笑嗎……」

我回頭一看，不禁沉默下來。

只見榎本同學頂著一張泛紅的臉。她用左手手背遮住嘴角，只有視線朝我投了過來。

「是扶桑花對吧？那個女生想帶回家的是扶桑花……」

「咦？」

我整個人愣住了。因為她說的沒錯。

扶桑花。

在南國綻放的一種大紅花。是夏威夷的州花。以日本來說，常在沖繩之類的地方看見。花語是「纖細之美」……以及「新的戀情」。

「妳、妳怎麼會知道？難道是日葵跟妳說的嗎？」

榎本同學搖了搖頭。

她撇開看向我的視線，用幾乎快聽不見的細聲說：

「真的非常漂亮。在溫室當中，開滿了一整片鮮紅色的花。夏目同學，你有說過這很適合那個女生偏紅的黑髮對吧。」

「……我、我好像……是有……說過。」

結果，榎本同學的嘴角勾起了淺淺的笑。她掬起自己的頭髮，用手指捲了捲……她那頭偏紅又很有光澤的黑髮蕩漾了一下。

「那句話讓那個女生覺得很開心，所以她才會想帶回家。因為那個女生，本來很討厭那頭偏紅的黑髮。從小就被身旁的人說是奇怪的髮色，還因此被瞧不起。但在那之後，她就覺得這樣也不錯。呃，總之我想說的就是……那個……」

話說到這裡，她不禁用雙手掩住了臉。

纏在左手手腕上的那條曇花手鍊。我總覺得它正看著我們，並揚起竊笑一般。

「夏目同學的花，確實送到那個女生手上了……」

「…………」

我忍不住撇開頭，看向另一邊。

是說，這個狀況下根本沒辦法對上榎本同學的臉啊。我好不容易才擠出了這麼一句話：

「謝、謝謝妳跟我說……」

「嗯……」

榎本同學「嘿嘿」地笑了。那個表情實在太可愛，讓我覺得心臟可能要炸裂開來。

……事隔七年，我好像跟初戀的女生重逢了。

我的心跳越來越快。身子也輕顫了起來。如果硬要形容這個當下的複雜心情……大概就是

「尷尬到要死了，真心拜託日葵快點回來」的感覺。

◇◇◇

前天在公車站那邊，榎榎這麼說了。

「兩年前，當姊姊拿這條曇花的飾品回來的時候，我一眼就看出來了。我也不知道為什麼，但腦海中就是浮現了當時那個男生的身影……不過他本人有點比我想像的還要高大，嚇了我一跳就是了。」

聽完她這番話，我一句話也擠不出來。

因為這件事，我不知道都聽悠宇說過多少次了。無論是植物園，還是那個穿洋裝的女生──以及鮮紅色的扶桑花。

竟然真的會有這種事？簡直就跟漫畫一樣。不，根本不可能吧。到底有多大的機率會迎來這樣的發展？

這應該就是命運吧。

除此之外，也無法做他想了。

（如果是榎榎，應該可以把悠宇交給她吧……？）

不如說，我覺得就是該這麼做。

我原本認為要將悠宇交給能夠理解他的人，但沒想到會出現這種程度的對象。
比起我這個什麼摯友，她是更接近悠宇的存在。
我決定了。
我要支持這段戀情。
緊緊握拳，並向天立誓。身為悠宇的靈魂戰友（摯友），我會確實促成這段戀情。
抱歉了，兄長！你的弟弟要去別人家當女婿了！
走出花店之後，我就到Tully's去買飲料。
「首先就是這個了吧～～」
冰的蜂蜜鮮奶拿鐵加上滿滿柔滑地漂浮在上頭的鮮奶油。
其實這是悠宇最喜歡的飲料。那傢伙長得一副臭臉樣，卻最喜歡甜食了呢～～榎榎家是開蛋糕店的這點，總覺得也是命運的安排。他們也太速配了吧～～
這個飲料我刻意只買了一杯。
然後插進兩支吸管。
這杯就讓悠宇跟榎榎一起喝吧。
沒辦法嘛～～我就只有兩隻手而已啊～～所以飲料也只能買兩杯。但總不能捨棄我的水果茶，因此讓悠宇跟榎榎兩人喝一杯也是沒辦法的事。這可是連小學生都能明白的邏輯。哎呀，

真的是……呵呵，那兩個傢伙的個性都很老實，應該會一起喝吧～～畢竟他們都是生性認真的人啊～～

害羞才好。

若是能對彼此產生強烈的異性認知，那就更好了。

嗯——但悠宇是個遲鈍的傢伙呢～～這點事情他說不定能若無其事地去做～～

但這樣也沒差吧。只要可以看見榎榎害羞到不行的樣子，我就滿足了。今天大量進貨了美少女的害羞表情呢～～真是大飽眼福，一整個星期都不用愁啦！

（好啦，現在是回到花店了……）

卻沒看到悠宇他們的身影。

是不是還在挑呢？要是買好了，他們應該會在店門口等我才是。

我走進店裡探望了一下，就看到兩人站在那邊好像聊得很起勁的樣子。

……哦，真是出乎我的意料。

我還以為他們兩人之間會被一陣沉默包圍呢。沒想到悠宇也滿行的嘛～～

不過，我還是先去打斷這樣的兩人時光吧。不然奶油都要融化了。悠宇他們正等著我奇蹟般可愛的笑容！

「悠～～宇～～！快點結完帳，我們去下一個……哎呀？」

他們兩人之間緊繃的氣氛，害我下意識躲進了展示櫃的遮蔽處。

榎榎的姿勢就像捕獲了悠宇一般。悠宇那傢伙，在這樣被抓住脖子的狀態下，究竟是在說什麼啊？

（啊……！）

我豎起耳朵，就聽見了榎榎說的話。

「夏目同學的花，確實送到那個女生手上了……」

榎榎整個人就像發燒了一般這麼說。

簡直就像是她以自己的方式做出愛的告白。

那雙眼睛透露出相當拚命的心意，就連我都茫然地看到沉迷。原來將長年以來累積在內心深處的心意說出口的瞬間，女生會變得那麼可愛啊。迎面接下那麼強烈的情感，我不認為有哪個男生可以不受動搖。

而且悠宇……顯得非常不知所措。

平常那張臭臉，輕而易舉地就被擊潰了。他的表情似乎覺得既害羞，又混亂……但絕非感到厭惡。

那也理所當然。

初戀的女生在這樣的情況下出現在自己面前，而且還變得像榎榎這樣可愛。真的就跟漫畫的劇情一樣。

這讓我知道自己錯了。

他們兩個人或許根本不需要我的幫忙。

因為他們本來就被理應邂逅的命運牽繫在一起。

這讓我非常開心。

我最重要的摯友，跟我最重要的兒時玩伴，注定會有那麼幸福的未來。我也一定會替他們送上祝福。

但是，不知為何——

（悠宇要離我遠去了……）

為什麼一想到這點，我的雙腳就像逃走一般離開了花店……這究竟是為什麼呢？

III 「愛的告白」

♣ ♣ ♣

早上，我將腳踏車停進了學校的停車場。

在那個星期六之後，又過了星期日，來到了星期一。

……死定了。

這兩天我完全睡不著。因此我的呵欠也停不下來。

……腦子裡亂糟糟的，根本理不出頭緒。我的人生究竟發生了什麼事情啊？我在AEON驚嚇過頭，後來都沒跟榎本同學說上什麼話。兩個人一起搭計程車回家的路上，氣氛真的尷尬到不行。

當我走向校舍時，身後傳來了日葵的聲音。

「悠宇，早安啊——————！」

聲音大到刺耳的程度。這傢伙的精神也太好了。

AEON那時也是，說要去買飲料，結果就自己先回去了。不管我用LINE傳了多少次訊息給她，也全都已讀不回。

……不過，現在她的招呼很令人感激。多少可以緩解一下我的心情。

「喔，日葵。早……安？」

日葵用一如往常的笑容朝我揮著手。

……她人卻在距離大概三公尺遠的地方。

咦，是怎樣？距離超遠的耶。為什麼要隔著這段微妙的距離？她看起來也不像要朝我這邊走過來的樣子，只是一直站在那裡高舉起手猛揮著而已。看起來就像AEON服飾店專區的人體模型一般。

「日葵，妳是怎麼了？」

「咦，什麼怎麼了？」

「呃，過來這邊啊。」

「…………」

日葵的臉上依然帶著笑容，並站在那個地方做出擊掌動作。

……面對的是空無一物的空氣。

「嘿～～悠宇，你看起來沒什麼精神耶～～」

她竟然若無其事地繼續說了下去。

現在是怎樣？感覺就像網路出問題的線上遊戲一樣。真的超可怕。這傢伙星期六的時候還很正常對吧？

「妳、妳怎麼了嗎？」

「咦？什麼意思啊～～？」

「不，這樣裝傻也太過頭了吧。如果是我做錯了什麼……」

我朝著日葵走去。

結果她立刻就跟我拉開了距離。我前進幾步，她就跟著後退幾步。當我後退時，她也跟著拉回了距離。

我們一邊保持著剛好三公尺的距離，緊盯著彼此。

「呃，這到底是在幹嘛！妳有什麼毛病啊！」

「呀啊——！悠宇，不要靠過來！不可以再更靠近了——！」

「所以說，為什麼啊！」

而且，真希望她別在四處都有學生的地方做這種事。因為日葵很可愛，相對的也更加引人注目。

「我是做錯了什麼嗎？要是哪個地方惹妳不高興……」

「啊啊～～不是因為這樣啦～～只是我剛好有種想跟悠宇間隔三公尺左右的心情……」

那是怎樣的心情啊？感覺就像被一顆衛星環繞在身邊，也替我著想好嗎？

這時，有人從我身後打了一聲招呼。

「小悠，早安。」

回頭一看，我的心跳不禁漏了一拍。

是榎本同學。她用一如往常的冷淡表情抬頭直直盯著我看。

「…………」

我還沒做好心理準備。

當我張著嘴不知道要做出什麼回應時，她便忿忿地皺起了眉間。抓住我制服的衣袖，使勁拉了拉。接著，她再次一字一句地打出招呼。

「早、安。」

「……早、早安。」

在那讓人不容分說的氣魄下，我也回應了一聲招呼。

結果榎本同學就有些害臊地撇開視線，「嘿嘿」地輕笑了兩聲。這個可愛的小動作狠狠擊中了我的心。

……咦，這是怎麼回事？這個女生是不是一口氣變得跟我很親近？跟星期六在AEON打招呼

的時候天差地遠耶。原來她不是只要經過一晚，台詞就會恢復的遊戲中的村民嗎？

榎本同學似乎不知道我內心這番動搖，費解地歪過了頭。

「小悠，你在做什麼？」

……小悠──這是我的綽號。

星期六在道別的時候，似乎就決定從下次見面開始要這樣稱呼了。而且也順便交換了LINE……雖然到這邊就是極限了。

「呃，就是日葵她……」

「小葵？」

榎本同學朝她那邊看了過去。

位在三公尺遠的日葵，身體不禁抖了一下。

「…………」

「…………」

一陣莫名的沉默。

日葵一臉緊張的樣子，一步步往後退去。她恐怕是打算直接朝著後方逃亡吧……呃，她是要不要上課啊？

「小悠，我來解決。」

這時，榎本同學有了動作。

她將右手伸進揹在肩上的書包。接著拿出來的是……包裝得很漂亮的餅乾。

「小葵，我有帶餅乾來喔。」

「咦，真的嗎？好耶！」

日葵就朝這邊靠過來了。

就在她要收下餅乾的前一刻——在她脖子後面使出一招鷹爪，抓住了她。

「呀啊——！榎榎，妳竟然騙我！」

「小葵，妳是怎麼了嗎？」

「不要抓著我的脖子若無其事地聊起來啊——！我可不是貓，是人耶！」

「差不多好嗎？來，不要在這邊玩了，趕快進教室吧。」

「我知道！我知道了，放開我啦——！」

……太厲害了。

那個日葵完全被耍得團團轉。這想必是她小學的時候，經過各式各樣的歷練所成就的招式吧。

在鞋櫃區換下鞋子之後，我們三個一起前往教室。

日葵跟我之間的距離雖然恢復了，但她從剛才開始就一直抱怨個不停。

「榎榎，妳做事老是這麼強硬耶～～」

「這也是小葵不好啊。誰教妳總是讓人傷腦筋。」

「我只讓悠宇傷腦筋而已好嗎～～」

「唉，為什麼小悠的朋友偏偏就是小葵啊……」

榎本同學看起來真的有點厭煩。她們兩人之間的距離感還滿難以掌握的，這也讓我感到費解。

在走上樓梯時，榎本同學從書包裡面拿出了另一小袋的餅乾。

她拿著那個，莫名地振奮了氣勢。接著朝我瞥了一眼。一對上眼睛，又連忙撇過頭去。隨後做了一個大大的深呼吸，這才直直看向我。

……她究竟在幹嘛啊？我不禁單純感到疑惑。

於是榎本同學感覺很緊張地朝我遞出了那個小袋子。

「也有小悠的份……」

「真的假的？謝、謝謝妳……」

我不禁誠惶誠恐地收下了。

什麼……？只是要給個餅乾，就會這麼害臊地連雙頰都泛紅了嗎？超可愛的……啊，不，還是不要這樣一直盯著榎本同學的臉比較好吧。

這是用牛奶跟巧克力的麵糊描繪出圖樣的餅乾。雖然我只知道做成正方形雙色棋盤狀的那種，但這上頭畫著逗趣的貓咪圖案。

……做工好精細啊。

「這是榎本同學家裡賣的嗎？」

痛死了！不知為何，日葵捏了我的屁股一下。

妳這傢伙，要是我不小心大喊出聲該怎麼辦啊？

「悠宇，你其實是個白痴吧？在這種情境之下，還會說出那種不識相的話嗎？」

「咦？所以，這是榎本同學親手做的……是嗎？」

榎本同學拚命地點著頭。

仔細一看，袋子上並沒有貼店家的標籤。

「我只會做這種事情而已……」

太謙虛了吧。

做得這麼漂亮的餅乾，我只在介紹東京蛋糕店的電視節目上看過而已。晚點我會自己吃掉的。日葵想必會跑來搶，但我絕不會讓她得逞。

「那麼，小悠，放學後見了。」

「啊，嗯。」

踏上樓梯的時候，榎本同學揮了揮手，便向上走去。

……就連離開的時候也是既冷淡又可愛。

「悠宇，你一臉色瞇瞇的樣子，人中都拉長嘍～」

「……！」

我下意識用手掌摀住了鼻子。

日葵不斷竊笑著，並湊近過來看向我的臉。可惡。早知如此，還是跟她保持三公尺的距離比較好。

「才沒有。」

「騙人～你完全被榎榎迷得神魂顛倒嘛。」

「什麼神魂顛倒……」

妳是哪個年代出生的人啊？現在就連群聚在居酒屋的大叔都不會說這個詞了吧。

日葵摀著嘴角，打趣地用手肘朝我戳了過來。

「人家還叫你小悠耶～不要在我面前這樣放閃啊～」

「呃，我們又沒有在放什麼閃。」

「啊，還是說，我打擾到你們了嗎？呵呵呵～今天放學後我就識相一點，讓你們獨處好了？如何，要不要啊？」

「相對的，妳是想拿走什麼當代價吧？」

「這麼不信任我啊～～我只是希望親愛的朋友可以獲得幸福而已耶。」

「嗚哇，太可疑了……」

要是一放下戒心，最後可能所有家產都會被她捲走。

我嘆了一氣。

「更何況我們也沒有在交往。」

「啥？為什麼！」

「為、為什麼……？」

「因為星期六的時候，你不是被她告白了嗎！」

「噗哈！」

這傢伙在走廊上那麼大聲地說這什麼話。

周遭的學生都紛紛朝我們這邊看了過來。

「日葵，妳給我過來這邊！」

「唔、唔哇！悠宇，會跌倒、會跌倒啦！」

我抓住日葵的書包，把她帶到走廊深處沒什麼人的地方。我向背靠著牆壁的日葵，解釋起這整件事情。

「妳可別誤會了。我才沒有被她告白。」

「咦咦……但人家都在花店坦言她就是你那個初戀的少女了耶。」

「啊！妳這傢伙，果然在旁邊偷聽我們講話！」

日葵一副「啊，說漏嘴……」的樣子，並撇過頭去。她一邊吹著口哨就想從旁邊開溜，為了不讓她逃走，我用雙手擋住了她的去路。

「別想逃。」

「嗚嗚……」

少了逃脫路線，日葵死心地停下了動作。

真的讓人頭都要痛起來了。

「難怪妳會什麼都沒講就跑回家。竟然顧慮這種奇怪的事情。仔細想想……自從替榎本同學修理飾品之後，妳就一直很奇怪耶。有事沒事就會搬出榎本同學的名字，還想做些莫名其妙的事情……」

聽我這麼說日葵抖了一下。

「莫、莫名其妙的事情……？」

「妳不是說『要不要跟我體驗接吻』什麼的嗎，那個……嗯嗯？」

日葵看起來怪怪的。

她的身體縮在我雙臂之間，一張臉就像要冒出熱氣一般漲紅了起來。那雙纖瘦的手抬到她的臉前面，像要避開我的視線一般輕輕顫抖著。

「……啊？」

這是什麼反應啊？

為什麼臉紅到連耳根子都紅了？是披薩的廣告嗎？薄脆餅皮到披薩邊都是滿滿起司嗎？

不如說，妳才是吃下去的那個人吧。

「妳是怎樣啊？讓人很難接話下去耶……」

「沒、沒有啊，還不都是悠宇說那種奇怪的話……」

「我才沒有說什麼奇怪的話，我只是說了妳講過的話！」

「所以我就說那是奇怪的話啊！」

「是妳自己說過的話耶！」

毀謗人也要有個限度吧。

這如果是在打官司，一定會在壓倒性勝利之後，還能得到一張薯條可樂組兌換券的程度……

所以說不要再管什麼披薩了啦！

「總之，我跟榎本同學之間沒有發生什麼事。得知她是當時的那個女生，我當然會感到驚訝。但那也不代表我們之間就要怎樣吧。對她來說，應該只是『真是一段美好的回憶呢』這種程

度的事情而已吧？」

為什麼我非得向日葵做這種像在澄清劈腿疑雲的事情啊？在這種地方要是被誰看到了，傳出奇怪的謠言該如何是好？

「再說了，那對我來說是初戀沒錯，但榎本同學又不一定是這樣想。說不定這樣莫名打聽，還會給她造成困擾呢。日葵，妳要是有聽懂，能不能就別再干涉這件事了？」

「…………」

日葵從書包裡拿出了Yoghurppe。她猛吸著，直勾勾地盯著我看。

什、什麼意思啊？我知道她好像在評定些什麼。她的態度跟剛才相比產生了很大的轉變，露出一副冷漠的表情。

飲料紙盒被吸到凹陷下去之後，她就仔細地將紙盒摺好收回書包。因為一口氣喝光的關係，甚至還打了一個嗝。

接著，她又目不轉睛地朝著我的臉看了過來。

「哦～～……？」

「咦，怎樣？妳今天是不是情緒不穩啊？」

「才沒有。我看悠宇你是笨蛋吧？」

「為什麼啊！這一連串的互動，還不全都是妳害的……唔咕！」

日葵又拿出一瓶Yoghurppe。她跟平常一樣將吸管塞進我的嘴裡之後，趁著我嚇了一跳時，就鑽出我的雙臂逃了出去。

「悠宇，等你喝完那個冷靜一下之後再回教室吧～」

「啊？妳這傢伙，到底有沒有聽懂啦！」

她揮了揮手，頭也不回地就走遠了。

被留下來的我，一口喝光Yoghurppe。

「那傢伙到底是怎樣……？」

很明顯不太對勁吧。

對我打馬虎眼是跟平常一樣，但面對我做出的反擊，她竟然那樣、那樣、那樣……不，不要回想起來。

Yoghurppe的紙盒發出了被吸乾的聲音。冷卻結束。乳酸菌果真超棒的。

「本來就很想睡了，不要一大早就讓我這麼累啊……」

剛才那樣也太狡猾了吧。

……害我不禁覺得那樣的日葵有點可愛。

♣ ♣ ♣

放學後，我們在科學教室進行新款飾品的試做會。

我將星期日準備好的花，擺在日葵跟榎本同學面前。溶液之中，可以看見鬱金香的影子。

鬱金香的花在調配了各種藥品的乙醇溶液裡浸泡了一整個晚上。我小心翼翼地將它從密封容器當中取出。

看著眼前的光景，榎本同學不禁睜大了雙眼。

「哇，白色的……」

原本有著繽紛色彩的鬱金香，現在已經完全脫色了。將花排放在器材上之後，我向她解釋道：

「據說花是在色素當中某種成分的影響之下才會枯萎，所以才要用乙醇溶液分離掉那個成分。但如此一來顏色也會一併被褪去，就會像這樣變成純白的狀態。」

「那顏色該怎麼辦呢？」

「接下來再上色。」

「也就是說，要先脫色，然後再上色嗎？」

「嗯，看起來要費兩道功夫就是了呢。但如果不這麼做，就算加工做成花卉飾品，也會很快就枯萎了。」

所謂永生花，也就是將鮮花長期保存在假死狀態的一種技術。要是在這個階段偷工減料，無論帶著多麼美麗的顏色都沒有意義。

我謹慎地處理著陳列在器材上的鬱金香。用乙醇分離掉的那個成分，也具備維持花的鮮度的功能。不含那個成分的狀態下的鮮花非常脆弱。

接著就將用以保濕的甘油跟為了上色的墨水混合在一起。這項準備完成了之後，就要將花莖插在溶液裡，靜待花自行將墨水吸收上去……

「日葵，妳可不要推我的背喔。」

我笑著回頭一看，只見日葵也一臉笑咪咪的樣子。

有種「怎麼會以為如此可愛的我會忍不住想一直跟悠宇玩呢？未免也太自以為是了，好噁心～～」的感覺。確實是很可愛，但不斷蠕動著雙手並想繞到我背後的行為又是怎樣啊！

「榎本同學，麻煩妳了。」

「……收到。」

日葵立刻就被榎本同學從身後揪住脖子了。

「小葵，不可以妨礙人家做事。」

「呀啊——！悠宇，你這樣拜託榎榎也太狡猾了吧！」

不，一點也不狡猾。

趁著榎本同學壓制住日葵的時候，我盡快將器材全都設置好。隨後便在這些鬱金香的花莖上割開切口，各自浸泡在好幾種渲染成暖色系的甘油溶液裡。

「等到明天的這個時候，應該就會完成上色了。」

「這項工作要很有耐性呢……」

榎本同學佩服地這麼喃喃道。

其實要加工鮮花是一件很費時的事。畢竟這只是試做而已，我已經省略掉很多個步驟了。真的要做成商品寄出時，就得經過更多細節程序才能完成。

「不過平常因為日葵都會來找麻煩，所以得花上更多時間就是了……」

就像剛才一樣。說著說著，我也朝日葵瞪了一眼。

被榎本同學的防守阻擋下來的日葵，趴在另一邊的桌子上伸展著身體。她嘆了一口氣，又喝起Yoghurppe。

「唉。悠宇也變了呢～以前還會說『到了三十歲我就要跟日葵姊姊結婚！』，多麼可愛啊……」

「妳什麼時候變成我的姊姊了？」

「我們兩人獨處的時候，明明就那樣卿卿我我的……」

「不，拜託妳不要講得好像煞有其事一樣。榎本同學也在這裡耶。」

「哦～～……？」

日葵猛吸著飲料，讓紙盒發出窣窣的聲音。她朝榎本同學看了一眼。這讓榎本同學不明所以地稍微歪過了頭。

日葵的嘴角揚起一道邪笑……這讓我有不祥的預感。

「那要是榎榎不在這裡，你就會像上星期一樣陪我玩體驗接吻啊？」

這發言讓我嚇得面如土色。

我忍不住揪起她的領口激動地反駁：

「妳是在說什麼鬼話啊！」

日葵「噗哈——！」地噴笑了出來。

「咦～～因為悠宇說那不是奇怪的事情嘛。」

「妳不要斷章取義好嗎！我說的是，妳之前說要不要體驗接吻這件事很奇怪，所以我才……」

「啊，你現在承認了吧？你承認上星期有跟我玩體驗接吻吧？」

「妳不要只挑關鍵字啦啊啊啊啊啊啊啊啊啊啊啊！」

這時我猛地回過神來。

背後傳來一股冷顫……感覺就像被尖銳長槍般的視線看穿一樣。我僵硬地回頭一看，只見榎本同學直直盯——————著我們這邊並瞪了過來。

面無表情。

完全看不出情感的雙眼，直直盯著我看。我就像被釣上岸的魚一樣，開合著嘴說不出話時，她緩緩地站了起來。

將書包揹上肩膀之後，又將耳邊的頭髮勾了上去。

「啊，我該去練合奏了。必須去參加社團活動……再見。」

「榎本同學？怎麼說話語氣好像很生硬……哇啊！」

砰一聲，科學教室的門被粗魯地關上。躂躂躂……室內鞋發出的重重腳步聲漸漸遠去。

啊啊，就這樣走掉了……

我是不是該解釋些什麼？不，為什麼要這麼做啊？我又不是站在被抓姦的立場。說穿了，我們也不是那樣的關係。那她是在氣什麼？呃，應該是因為日葵惡作劇……啊！

「日葵，妳這傢伙——————！」

「噗哈——————！悠宇，你真的超好笑的～～！」

那個日葵滾倒在六人座的桌子上捧腹大笑。她的雙腳甩來甩去的，這讓室內鞋飛了出去並撞上鐵櫃。

「妳絕對是在報復早上那件事吧！」

「是沒錯啊，那又怎樣？」

「一點悔意也沒有！」

「啊哈哈。但我還真沒想到可以一如我願到這種程度呢～這可說是我有史以來最成功的傑作了。啊～早知道錄影下來就好了……噗哈！」

給妳錄下來還得了。

只要這世上還留有這種東西，我就再也無法面對榎本同學了……是說，現在日葵笑到甚至抱著肚子，感覺很難受地顫抖身體。

「日葵，妳是要笑到什麼時候啊？」

「救命，完全戳中我的笑點了。不得了，笑到肚子好痛……」

「有多好笑？欸，到底是有多好笑？」

「這可能還要笑很久。悠宇，拉我起來啦。啊～我不行了……」

「……真是的。」

我為了將她從桌上拉起來，抓過了她的手。

接著不禁僵在原地。

原本仰躺在桌上的日葵，抓住了我的手臂。那對漂亮的嘴唇，呼出不同於剛才的氛圍、帶著熱意的氣息。

日葵喘著氣，白皙的肌膚泛起一陣緋紅。大大敞開的制服衣領之間，可以看見雖然平緩，但確實鼓起的部分……也順便看見了包覆著那裡的荷葉邊布料。

「要親嗎？」

「呃，咦……？」

我不禁緊緊盯著日葵的臉。

眼前是那雙杏桃般的大眼，藏青色的眼瞳就猶如寶石般漂亮。看起來還有些濕潤。剛才笑得那麼誇張，這也無可厚非就是了。

日葵呼出了一口氣。這讓我的瀏海微微地擺動了一下。這道氣息帶著她剛才喝的Yoghurppe的香甜氣味。

「反正榎榎都認為我們『親過了』對吧？那倒不如就讓這件事成真，不覺得比較划算嗎？」

「什、什麼划算，重點不在這裡吧。」

「為什麼？反正等到我們三十歲的時候，都還是會『親』嘛。還是說，你真的只是要當替我阻擋相親的煙霧彈而已？悠宇你覺得這樣就可以了嗎？」

「所、所以說，那只是開玩笑……」

「你是這樣想的啊？……即使是玩笑話，我也不會對別人這樣說就是了。」

「咦……」

日葵輕輕地閉上了雙眼。

她顯得毫無防備。看來她是要將所有判斷都交給我的樣子。接著，她就像是要折斷最後一根稻草般，用細微到好像快要消失的聲音喃喃說道：

「你不是要做『戀愛』主題的飾品嗎？就拿我體驗一下吧？」

「……！」

抓住我手臂的那隻手，緊緊地加重了力道。

我沒能甩開，還無意間彎下了腰。

……不不不。我這是在做什麼啊？為什麼像是要覆在她身上一般彎下身體呢？這不就像是真的要親了一樣。

呃，但我也並沒有在跟榎本同學交往。就算親下去也沒有任何問題就是。

反正不會被任何人發現。這間教室中，就只有我們兩個而已。這邊的校舍在這個時段本來就沒什麼人會來。只要我有那個意思，就算是更進一步的事情……更進一步？更進一步是什麼事？不，知道是知道啦。但對象不該是日葵吧。

我們是「摯友」吧？

至今不都也是這樣。要是只貪圖在這種時候累積經驗值，那就不是摯友，而是炮友了。

我並沒有把日葵看作是那麼隨便的對象……啊啊，可惡！這傢伙就是這麼可愛！為什麼會長得這麼好看啊！那當然會很受歡迎啊！不如說，為什麼我至今都只把日葵當成普通的男性朋友看待……

——嗡。這時傳來了一道震動的聲音。

大概是智慧型手機。應該是LINE還是什麼的訊息通知吧。

這倒是沒差。這間學校本來就可以隨身帶著手機。而且這間科學教室這麼安靜，會覺得那道震動的聲音聽起來格外響亮也不奇怪。

問題在於那道聲音，不知為何是從日葵跟桌子之間傳出來的。

日葵的左手跟她抓著我的右手不同，那正藏在她自己裙子的口袋裡……是說，日葵的臉從剛才開始就僵著一副「哎呀搞砸了」的表情。

「喂，日葵。妳給我睜開眼睛。」

「嗯～～？怎麼了嗎～～？」

「妳把藏起來的左手伸出來給我看一下。」

「哇，難道是要讓我雙手都動彈不得嗎～～？原來悠宇你有這樣的興趣啊，好鬼畜～～」

日葵露出笑咪咪的表情。

……就在那個瞬間，直到剛才那種熱氣翻騰的氛圍早已消去。

「喝啊！」

「啊！」

我高高抓起日葵的左手。

她手上正抓著手機。鏡頭還確實地開啟著，映照出我傻憨的臉。在科學教室當中，響徹了今天不知道第幾次的驚叫。

「日葵————！」

「噗哈～～～～～～～～～～～～～～～～～～～～～！」

太扯了吧！

妳這傢伙，竟然真的想要錄影喔！

「日葵，妳到底是想怎樣啊？抓住我的弱點是想幹嘛？」

「哎呀～～玩弄榎榎比我想像中還更好玩啊～～悠宇又這麼單純，應該可以給我很多哏吧～～」

「我就算了，妳不要去鬧榎本同學！」

「悠宇，你對榎榎真是體貼耶～～難怪人都說男生就是忘不了初戀的生物。」

「少囉嗦！我才不想被只注重當下氣氛（心情）的女生講這種話！」

抓起日葵的手，我將她從桌上拉了起來。

日葵一邊說著「啊～～悠宇真的太棒了……」，並捏著衣領搧風。她這才發現自己的室內鞋不見了。四處張望了之後，便看到那掉在櫃子前面。

「嘿！咻！」

日葵用單腳跳了跳，前去撿起室內鞋。

我在心臟還是怦咚怦咚地跳個不停的狀態下，去收拾起散落在另一邊桌子上的器材。正在進行上色工程的鬱金香則是直接收進鐵櫃裡。避免發生地震或是有學生碰撞到的時候跟著搖晃，得確實地將器材固定好。

「……我都說好了，那就快點親啊。笨——蛋。」

這時我驚訝地抖了一下，差點就要弄掉器材了。

當我回頭一看，只見日葵將掉在地上的室內鞋掛在腳邊玩了起來，也沒有看向我這邊。

「……日葵，妳剛才說了什麼？」

「哪有說什麼～～？」

「不、不是啊，妳剛才……」

「嗯～～？悠宇，你是不是太在意榎榎，以至於聽見什麼奇怪的話嗎？」

她露出滿臉笑容。

那副表情散發出莫名的壓迫感，讓我不禁閉上了嘴。嗯，或許真的是我幻聽了。因為剛才那要不是我聽錯，就代表……

「膽小鬼。沒志氣。滿腦子只有花。」

「日葵，我看妳真的是在說我壞話吧！」

「呀啊～～歇斯底里的男人好噁心～～」

抱起書包，她立刻就衝出了科學教室。

「喂，妳是要怎麼回去啊！」

「我今天搭公車回家～～」

她揮了揮手，身影就消失在朝著鞋櫃走去的另一邊了。被獨留下來的我，坐在桌子上蜷起身子苦惱地抱著頭。

……那傢伙究竟想幹嘛啊？

♣ ♣ ♣

幾天後。星期五的午休時間。

我一個人來到停車場後面的中庭。這裡有個我跟日葵一起種花的花圃。我坐在堆積在倉庫旁邊的肥料袋上，有氣無力地低著頭。

從家裡拿出來的便利商店麵包乾巴巴的。但畢竟是報廢品，這也理所當然吧。

我吸著從自動販賣機買來的Yoghurppe……獨處真是太美好了。我現在毫無疑問地就是個瀟灑的男人。

然而這陣瀟灑的寂靜，也立刻被打破了就是。

「啊哈哈哈！小夏，聽說你最近很受歡迎嘛？」

「……真木島啊。」

有個輕浮的帥哥走了過來。身邊還有個學妹隨侍在側。

……他跟那個學妹說著「這個男的就是小夏」、「啊，就是那個……？」這樣的對話……

喂，你也不要在我不知道的地方拿我當話題啊。而且那個學妹還對我送上「學長，我會支持你的！」這種莫名的鼓勵。雖然搞不太懂，但她應該是個好孩子……

真木島跟那個女生揮了揮手道別之後，就若無其事地朝我這邊走過來了。

「你不用陪那個女生嗎？」

「嗯，沒差。反正只是玩玩的對象。」

「喔，是喔……」

真不愧是輕浮男。

真木島的雙手各自拿著從合作社買來的炒麵麵包及可樂餅麵包。應該是買完午餐，正要回到他們卿卿我我的地方吧。

一邊拆著炒麵麵包的保鮮膜，真木島向我問道：

「你待在這種陰沉的地方做什麼啊？」

「我有點想獨處……」

「不用跟小凜她們親密一下嗎？」

「親密的是日葵跟榎本同學吧。最近那兩個人一直打打鬧鬧的，害我都無法專注於製作上……」

「打打鬧鬧？」

「日葵會做些挑釁，而榎本同學也跟著奉陪，跑去阻止她們的話，還會把我牽扯進去……真希望她們要吵去別的地方吵。」

真木島不禁嗆咳了一下。

他連忙將嘴裡的麵包吞進胃袋，接著就高聲大笑。

「畢竟小凜基本上是討厭日葵的嘛。」

「咦，她們不是從小就認識了嗎？」

「嗯～～跟一般而言的討厭又不太一樣吧。有種愛恨一線之隔的感覺……啊，對了。可能也因為日葵跟小凜的姊姊感覺很像吧。」

「榎本同學的姊姊嗎？那個在當模特兒的？」

國中的時候，我也受過對方照顧的那個人。

日葵好像有說過，她現在去了東京，在那邊正式專職於模特兒的工作。

「哎呀，那個姊姊也是個自由奔放的人啊。小凜可說是一邊幫她處理善後，一邊長大的。所以即使討厭同樣我行我素的日葵，卻也無法放任她不管。這種感覺也跟你一樣吧？」

「啊～～……我好像懂。」

「不過在我看來，她們很要好就是了。那不過是她們自己在玩而已。鬧到一個地步之後，日葵就會遭到制裁，鬧劇也會跟著落幕，不用去搭理她們。」

這建議也太成熟了。

……不過，別看真木島這樣，他腦筋非常好。這傢伙過著腳踏兩三條船是理所當然的日子，還能至今不被人刺殺，也是因為就算站在客觀立場看來，他很懂得察言觀色……我覺得真的是太浪費才能了。

在我吸起Yoghurppe的時間點，那個真木島露出滿臉笑容地說：

「話說回來，你跟小凜進展到什麼地步了？」

「噗呼！」

看我差點噴出Yoghurppe的樣子，真木島樂得笑了起來。

……這傢伙絕對是故意的。

「你該不會什麼都還沒做吧？她不是都向你告白了？」

「告！……告白？那算是告白嗎？」

當我這樣裝傻地回答，真木島就冷哼了一聲，感覺有點瞧不起地笑了笑。

「原來如此。小夏確實是這種類型的處男呢。」

「少囉嗦。這跟處男又沒關係。」

雖然我也沒否定……我沒有否定就是了！但自尊心還是覺得很受傷，我就正值這樣難搞的年紀啦。

「說穿了，榎本同學也不是明確地向我告白……」

「看小凜那種態度，你是認真說這種話嗎？在我看來，那根本是東京赤坂高級日式料理的老店所做出來的超豪華十層重箱餐盒，還準備好餐後點心的餅乾跑去找你送到嘴邊的樣子呢。」

「你這傢伙的說法也太糟了，真虧你能把兒時玩伴講成這樣……」

連我都不禁退避三舍。

日葵還說得含蓄多了……不，我看半斤八兩吧。那傢伙也很愛講黃色笑話。

「真木島，我能明白你想講的，但她總不可能還惦記著小學的初戀吧……」

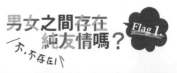

「這很難說喔。小凜的想法就跟從戀愛喜劇漫畫中跳出來的女主角一樣。甚至連我都只能選擇默默守望著她那股純愛而已。」

「……明明看起來是個那麼成熟的美人。」

「我完全同意你這個說法。小凜那種純真的個性，百分之百會讓她吃虧。」

他接著又拆開可樂餅麵包的保鮮膜，並直直盯著我看。

「好不容易遇見了白馬王子……卻是這個膽小鬼啊。」

「你這傢伙真的很令人火大耶。」

「但對小凜來說，反而覺得這種膽小鬼才好的樣子。真是的，我那個兒時玩伴看男人的眼光也真夠差勁。」

「你很煩耶！看是要虧我，還是要虧榎本同學，好歹也選一個吧。」

真木島將可樂餅麵包也吃完之後，就拍了拍我的肩膀並站起身來……這傢伙未免吃太快了吧？

他用像在演戲般誇大的動作揮了揮手之後就背對了我。

「小凜不會覺得討厭的話，你們就快點湊在一起吧。要不然等你成為小凜的夫婿，進而成為我弟弟的計畫，無論過多久不是都無法開始嗎？」

「雲雀哥就算了，你跟榎本同學只不過是兒時玩伴吧……」

為什麼我身邊的男人們，都一心想要我成為弟弟啊？我真的搞不懂到底是誤觸了哪個性癖，害怕到都要渾身發抖了。

「拜託你別做些奇怪的事喔……最近日葵也有點怪怪的，我都夠焦頭爛額了。」

這時，真木島抖了一下做出反應。

他猛然地回過頭，用莫名正經的表情向我問道：

「怎麼個怪法？」

「怎、怎樣啦，我說了什麼讓你這麼介意的話嗎？」

「別管啦，快點跟我說。」

「……總覺得比起以前更拉近了跟我之間的距離……不，她以前也會這樣纏著我，但莫名有種勉強自己的感覺……」

「日葵竟然會這樣……？」

他伸手托著下巴，「唔嗯」地陷入沉思。

……這傢伙，如果平常都是這樣一臉正經的樣子，就真是個帥哥呢。當我想著這種事情，只見真木島忽然露出了竊笑。

「……真有趣。我再找個機會，稍微去推個一把好了。」

「啊？」

他說出這種令人不安的話。

「拜託你可不要多管閒事喔！」

「啊哈哈哈。這都是為了小夏啊。好好感謝我吧。」

「誰要感謝你啊！」

……走掉了。

那傢伙究竟打算做什麼？

♣ ♣ ♣

那天的放學後。

我跟日葵還有榎本同學，一起在科學教室進行樣品的拍攝。

「這就是完成上色，而且又經過兩天左右的乾燥之後，所完成的鬱金香永生花。」

我謹慎又恭敬地將永生花擺在桌上。

這種暖色系的漸層效果，很難用一句話去形容。主要是紅色、黃色以及粉紅色這三種顏色吧。從帶點雅緻的深沉顏色，到淡薄的清爽色彩都有。

看著眼前的東西，榎本同學陶醉地喃喃道：

「就像真花一樣……」

「這也確實是真花啦。」

我帶著苦笑這麼說，榎本同學的臉頰就泛紅了起來。接著埋怨地朝我瞪了一眼。

「小悠，這樣講太壞心眼了……」

「抱、抱歉。」

我不禁用平常跟日葵互動的感覺吐嘈了一句。

當我們因為這種微妙的氣氛而困惑時，身後的日葵一邊撐著臉頰，並伸手戳著我的背。

「哦～～？」

「怎、怎樣啦？」

「總覺得你已經很會放閃了嘛。」

「什麼叫很會放閃啦……」

我並沒有要放閃的打算啊。

啊，妳看。這豈不是害得榎本同學一張臉完全紅了起來。不要動不動就打斷話題啊。

「總之，今天就要用這個來決定飾品的形式。」

「飾品的形式？」

「由於這次是從鬱金香這個題材開始切入的，所以還沒有決定要做成怎樣的飾品。而且這也是第一次請榎本同學擔任模特兒，妳如果可以提供協助就太好了……」

「具體來說要怎麼做呢？」

「先用這個鬱金香樣品拍下幾張照片。這樣可以確認當這個花擺在榎本同學身體的哪個部位看起來比較亮眼之類，或是用怎樣的構圖去拍，可以讓客人更加一目瞭然等等……」

聽到要拍照，榎本同學「唔！」了一聲，感覺有點退縮。

不過，這也無可厚非。平常自拍的感覺，跟被同學拍攝大不相同。更何況榎本同學感覺也不是會積極想讓自己拋頭露面的那種人。

日葵看不下去，便出手救援這個場面。

「榎榎，既然要擔任ＩＧ的模特兒，不習慣讓人拍照的話會很痛苦喔。」

「但一想到真的要做，我就覺得很緊張……」

「是喔～～？這樣啊。既然如此，那也沒轍啦～～」

日葵站起身來，伸手拿了一朵鬱金香。

她將花擺上自己肩膀附近，面對相機擺出了自然的姿勢。真不愧是累積了豐富的拍攝經驗，瞬間就能引導出可說是最完美的構圖。

「既然榎榎辦不到，那這次也由我來擔任模特兒好了～～」

「……！」

榎本同學不禁震了一下。

看到這個反應，日葵也揚起了竊笑。她刻意地輕輕吻向手中那朵鬱金香。

「悠宇第一次以『戀愛』為主題所做的花卉飾品啊～～成品想必是既可愛又飽含熱情～～因為，那可是會表現出『悠宇對於模特兒的戀慕之心』嘛～～擔任這個飾品的模特兒，對悠宇來說應該也是個特別的對象吧～～？」

「唔～～～～！」

榎本同學猛地站起身來。

她從書包裡拿出化妝包，並狠狠瞪向日葵。

「我、我來拍！我拍就是了，小葵妳不要插嘴！」

榎本同學說著「我去補個妝！」就走出了科學教室。

「呃，那個，這不過是樣品而已，不用那麼投入也沒關係……啊，走掉了。」

至於日葵，她則是一邊竊笑一邊揮手，目送她離開。

「啊哈哈。榎榎真是有夠可愛～～」

「日葵，妳不要太激她啦……」

「我要是不說到那個份上，她說不定會放棄擔任模特兒喔。」

「到時候再由妳來拍不就得了？」

「哦～～……？」

她瞇細了雙眼。

身體一朝我靠過來之後，她就輕輕伸手攏上我的肩膀，並帶著試探般的表情，在我的耳邊低語：

「這次是要做『戀愛』主題的飾品耶。」

「是、是沒錯啊。所以才會選了鬱金香，只要像平常那樣去做不就好了。」

「這樣好嗎？」

「不好嗎？」

「你至今不是也做過了很多花語是跟戀愛有關的花，但光是那樣就顯得不足對吧？悠宇你想做的，應該是更能打動客人的心……讓每個看到的人，都能產生像是墜入情網一般那種『特別』的作品，不是嗎？」

「……是沒錯啦。」

日葵這麼說是對的。

但那種事情如果可以這麼輕鬆就做到，也不用這麼辛苦了。

「我啊，是真的很喜歡悠宇對花卉飾品的那股熱情喔。所以才會拜託榎榎擔任模特兒啊。儘管是小學時候的事情了，戀慕之心終究是戀慕之心，也是悠宇心中獨一無二的初戀。能將這點封

進ＩＧ那個方格當中的人，就只有榎榎而已。」

日葵在極近距離淺淺一笑。

「還是說，你能對我也抱持那種……戀慕之心嗎？」

「……！」

她的手，握住了我的手。在一陣拉力之下，我的身體朝著日葵靠近。完了——我不禁產生這樣的想法。當就要我的身體毫無抵抗地觸碰到日葵的瞬間——

科學教室的門開啟了。

在那另一頭，榎本同學睜大了雙眼。我看見各式各樣的情感在那平靜的表情當中奔流不息。

我想說些什麼而張了口。

然而，只是呼出了空氣而已。被她看見了。就算找藉口也於事無補。榎本同學的左腳朝後方退去了一步。

——這時，響起了一道「嗶嗶！」的相機快門聲。

日葵拿出智慧型手機，讓我們看了映照出榎本同學一臉驚訝的畫面。

「命名為『純情與劈腿渣男』。這張照片要是配上鬱金香，不覺得超猛的嗎？」

「一點也不猛好嗎！」

我立刻駁回。

而且這次要用的是暖色系的鬱金香。就算是戀愛的一種型態，其花語也絕非失戀。

榎本同學看了我們的互動之後，便鬆了一口氣。她將手抵在胸口，感覺很茫然地說：

「嚇……嚇我一跳……」

「對、對不起。真的很抱歉。我也因為事出突然而嚇了一大跳……」

說著，我便瞪向那個日葵。

「日葵，妳最近還真愛搞偷拍啊……」

「呵呵呵～～超有趣的♡」

竟然對這種不正經的事產生興趣……

不論我再怎麼阻止她也聽不進去，而且我也無能為力就是了。

「那就開始吧。榎本同學，妳也準備好了嗎？」

「唔，嗯。沒問題。」

終於可以進入今天的正題了。

榎本同學等一下要去管樂社練習合奏。也就是說，必須在半小時內完成這件事情才行。

正式拍攝時會用數位相機，但現在用手機拍就可以了。

在日葵擔任模特兒時已經拍習慣了，我也很清楚拍攝的順序。就這點來說，拍攝工作進行得很順利。我一邊對榎本同學做出姿勢的指示，並一邊擺上鬱金香的花。

這時的重點在於要多累積一些拍攝的張數以及靈感，一直執著於一種構圖並不好。總之要拍下很多照片，之後再做精確的篩選。

一邊在手機上做各種調整，我迅速地將一張張照片拍攝下來。

「榎本同學，妳把右手抬起來。」

「像、像這樣嗎？」

「這樣變得有點像在敬禮了。希望是比較像在遮著陽光的感覺……」

「……好難喔。」

雖然她這麼說，卻很快就能理解了。

接下來只要她的表情可以再自然一點……是說，日葵從剛才開始就一直戳著我的背，實在很煩人。

「日葵，怎麼了嗎？」

「日葵(Himari)美眉(Hima)覺得很閒。」

「閉嘴。現在正是關鍵。」

「好啦……」

重回攝影工作。

剩下十五分鐘啊。差不多要做最後的衝刺了。原本設想好的構圖全都拍完了。接下來就需要強烈的靈感……煩死了，日葵又在戳我！

「日葵，這次又是怎樣？」

日葵直挺挺地豎起拇指。

「差不多該來拍張性感的吧！」

「絕對不拍。拜託妳真的閉嘴好嗎……」

她賭氣地嘛起嘴巴。

「你明明就很想拍。」

「我才沒有想拍！」

「你明明就想利用ＩＧ拍攝的名義充實自己性感照片的收藏。」

「小心我真的把妳趕出去喔！」

榎本同學默默地拉開跟我之間的距離。

她盯著我的眼中帶了一點質疑的神色。

「小悠，難道你……之前都跟小葵……」

「沒有、沒有，我真的沒有！榎本同學，妳不要把日葵的話當真……」

這場攝影工作極為健全。剛才是日葵在開惡意的玩笑！

……都是因為真木島之前說了那種奇怪的話，害我這番反駁聽起來格外像是藉口。

「姑且是已經拍了很多張……」

但是，這些全都沒有帶給我任何衝擊。無論哪一張照片感覺都似曾相識。說穿了，總覺得「跟日葵很像」。我能感覺到咲姊所說的「停滯的小世界」。

那也理所當然。因為剛才那些構圖，全都只是依循著拍日葵時的構圖模式而已。若要講得極端一點，那些全都是「並沒有非榎本同學不可」的照片。

那麼，「榎本同學的風格」又是什麼？

榎本同學跟日葵的差異在哪裡？

頭髮長度？眼睛顏色？身高？胸、胸、胸部大小……之類的嗎……？

不，並非如此。這些都只是一般而言的客觀差異而已。說穿了，只是一些數值罷了。有什麼可以表現出榎本同學的個性呢？點心嗎？還是偶爾會散發出的壓迫感？乍看之下難以親近，但其實只是怕生的這一面？

……曇花。

無意間，那浮現在我的腦海中。就是戴在她左手腕上的花卉飾品。

那對我來說，就是榎本同學的一切。只在短短的幾小時當中，在深夜綻放的白色花朵。只為了一個瞬間的邂逅，就不惜犧牲睡眠也要一直觀賞下去的花。

為了將這點拍進照片當中，我該怎麼做才好呢？

不能只有我自己有這種感覺。得傳達給模特兒知道才行。要怎麼辦？呃，我也知道只能說出口下指示就是了……

「榎本同學，我想拍曇花。」

「曇花？」

榎本同學抬起手，給我看了她左手腕上的飾品。

……嗯。確實是會做出這樣的反應啦。

「不是這樣。該怎麼說呢，我想將榎本同學拍得像曇花一樣……啊啊，不，我指的不是姿勢……」

「……？……？？」

榎本同學完全陷入混亂。感覺就像「這傢伙到底在說什麼鬼話？」。嗯，說得也是呢。我也這麼想。不如說榎本同學立刻擺出像是曇花的姿勢，人也太好了。

「不，剛才那個還是忘了吧……不過已經沒時間了。我週末兩天再仔細想想。可以的話，希望妳星期一也能再來拍攝……」

我本來打算這個週末就要正式著手製作了，但這也無可厚非。ＩＧ的正式攝影是安排在黃金

週的第一天，所以回推起製作期間大概是……

當我在腦中計算著製作日程時，日葵突然開口說：

「……這麼不乾脆，真是讓人煩躁啊～～」

咦？

我跟榎本同學同時回過頭，卻只見日葵一臉笑咪咪的樣子。她的笑容完美到簡直讓人覺得剛才那句嗆人的話應該是自己聽錯了。

「悠宇，你就這樣架好手機，不要亂動。」

「好、好喔。」

日葵走向榎本同學。接著便在她的耳邊，似乎悄聲說了些什麼。

就在那個瞬間——

榎本同學睜大了眼睛，並轉頭朝我看了過來。

「————！」

我下意識地動了手指，按下快門鍵。「嗶嗶！」的快門聲響起，就將那道身影拍了下來。

那真的是轉瞬之間。這時，降下了一片寂靜，我們三個人任誰都沒有做出動作。而且，也沒有任何人開口。

我茫然地盯著那張照片。

奇蹟般沒有糊掉。那簡直就像從電影膠片中擷取下來的一幕。該怎麼形容那樣的表情才好呢？

這「不是懷著戀慕的表情」。

硬要說的話，應該是「拚了命的表情」。

睜大雙眼，像是要攀附著什麼的氛圍。

看起來也像是一直以來都在追尋著什麼，而且只差一瞬就能觸及的期待。

然而嘴邊卻又像是要否定內心的期待一般，懷著不安的心情輕咬著嘴唇。

看得出是一種複雜的感情。

然而，那也讓我覺得確實就是「曇花」。

曇花的花語是「豔麗的美人」、「虛幻的戀情」，以及──「就算只有一次，也想見你」。

當一個人在面對人生中僅有一次的邂逅時，是不是就會露出這樣的表情呢？或者是一整年當中，只能在七夕的夜晚相會的織女與牛郎，見面時說不定也是面帶這番神色，牽起對方的手。

太完美了。

這確實就是「戀愛」。

「好厲害。榎本同學，這也太不得……了？」

我不禁皺起眉間。

不知為何，剛才表現出不輸給女演員演技的榎本同學，現在卻是一副快要哭出來的表情，緊緊盯著我看。

是怎樣？對我的反應感到不滿嗎？呃，這也沒辦法嘛。當一個人真的被震攝到時，語彙能力就是會下降。

「榎本同學，怎麼了嗎？」

「因、因為，小悠，你、你跟小葵……」

跟日葵怎樣？

當我看向日葵時，發現她不知為何對榎本同學投以冷漠的視線。發現我在看她之後，立刻就「嘿！」地像在開玩笑一般聳了聳肩。

接著，日葵就輕輕拍了拍都快哭出來的榎本同學的肩膀。

「榎榎，那是開玩笑的啦～～♪」

「………」

榎本同學緊盯著那張笑咪咪的臉。

一瞬間，相當龐大的情感從那上頭奔流而去。那些全都平復下來之後，榎本同學的太陽穴附近都顫動了起來。

接著，她發出了足以撼動整間科學教室的驚聲大叫。

「什麼————————！」

「啊哈哈。榎榎，妳真是坦率呢～～」

發現是自己被耍，榎本同學立刻抓起了椅子。

「小葵！我真的超討厭妳！」

「哇——！榎榎，再怎麼說女生都不能這樣做啦！」

「還不都是小葵不好！我要洗刷至今的所有憤恨！」

「但多虧如此，悠宇也拍得很滿意，這樣不是很好嗎！」

榎本同學的動作戛然而止。

她緩緩放下抓起來的椅子。接著心懷不安地朝我凝視了過來。

「小、小悠，照片如何……？」

「拍得超好。超級可愛。正式拍攝的時候也麻煩妳這樣拍。」

我豎起拇指給她看。

這個回答關係到日葵的性命，讓我不禁說得有點誇張。但這番話也毫無疑問地是我的真心話。沒有比這個更適合作為「戀愛」的模特兒了。

結果榎本同學的臉頰就像年糕湯裡的年糕一樣，軟化了下來。

「這、這樣啊……嘿嘿。」

天啊，也太好哄了。

這樣好嗎？長相那麼漂亮，卻這麼好哄沒問題嗎？以後會不會被奇怪的男人騙走啊？即使我不是站在那樣的立場，也不禁擔心了起來。

榎本同學回過神來，看了一下時間。

「啊，要開始練習合奏了！我先走嘍！」

「嗯，謝謝妳。」

榎本同學抓起包包，就揮著手走出科學教室。

目送她離開之後，日葵也湊了過來。

「我也想看看照片。」

給她看了手機之後，她便心滿意足地點了點頭。

「呵呵呵～～榎榎好可愛喔～～」

「說真的，我覺得很不得了。」

甚至想將花卉飾品合成在這張照片上，直接公開貼文的程度。

但那樣還是有違我們的原則……而且我也產生了一點……不想讓其他人看見這張照片的心情。

這就是足以挑起這番獨占欲的一張照片。

「日葵，妳是跟她說了什麼啊？」

「嗯——不告訴你♡」

絕對不是什麼好事。

看著日葵耀眼的笑容，我不禁這麼想。

「接下來只要做完花卉飾品，再到榎榎家叨擾就好了呢～」

「是啊。都是多虧了日葵妳的幫忙。」

「對吧～悠宇，你再多慰勞我一點吧。」

真的，我總是受到日葵很多的幫忙。

……但相對的，也增加了很多麻煩事就是了。

「你決定好要做成什麼樣的飾品了嗎？」

「做髮夾。」

「哦～秒答耶。」

「如果是這張照片，就想將重點放在表情上，所以我本來在猶豫做成耳環還是髮夾，不過榎本同學的頭髮很漂亮，做成髮夾比較好。」

「那就挑選紅色的鬱金香比較合適呢～也很適合榎榎。」

紅色的鬱金香。

花語是「愛的告白」。

不同的顏色也會有不同的花語，這個表情確實正好符合紅色。

從明天開始，就會正式進入製作的程序。

要進貨正式製作時會用到的鬱金香、準備器材，並製作販售用的飾品。當我要開始進行這些準備時，日葵悄聲地說：

「欸，悠宇。」

「嗯～？」

「也做一個給我吧。」

「做什麼？」

我回頭一看。

只見日葵正緊盯著我。她一邊用手指捲著捲著，玩弄起耳邊的頭髮。

「『戀愛』的花卉飾品。專為我做的那種。」

「為妳做的？」

「嗯。為了我總有一天墜入情網的時候……不行嗎？」

「…………」

聽了這句話，讓我不禁撇開了視線。總覺得日葵戴在脖子上的那個鵝掌草頸飾，散發出一道

細微的光芒。

有氣泡跑進樹脂裡的失敗品。

完全無法作為商品販售的東西。

然而日葵仔細地保養，直到現在還戴在身上。

……這個頸飾當中，還留著兩年前我們相遇時的空氣。

日葵這份友情的震撼，一起前進的同一個夢想，還有——我曾發誓要一輩子珍惜這個摯友的心情，全都凝聚在那之中。

對我來說，那是這世上最重要的東西。

難以干涉、難以破壞，也難以取代。對我來說，最無法容許的就是存在著這樣的可能性。

正因為如此，我這麼回答：

「……沒辦法。因為妳是我的『摯友』。」

就只有在這個瞬間，我感受到一陣冰冷的寂靜。但那短暫到甚至讓我覺得可能是自己誤會了，回過神來，只見日葵露出了平時的傻笑。

「說得也是～～」

「是說，妳也來幫忙一下吧。」

「嗚嗚，剛才被榎榎弄到的傷口好痛……」

「這個藉口也太隨便了吧？妳連一點擦傷都沒有好嗎？」

……我說不出口。

當日葵說想要「戀愛」飾品時，那個瞬間，我想拍下她的照片。

妳有注意到嗎？就算佯裝成跟平常一樣開玩笑的感覺，妳的臉上還是泛起了一陣鮮豔的緋紅。

還下意識地拉過短髮，想遮住泛紅的臉頰。那雙漂亮的藏青色眼睛還濕潤了起來，像是抱持著期待一般盯著我看。

跟飾品什麼的沒有關係，我就是想獨占那樣的表情。

說不出口，我怎麼可能說得出口。

因為，那不是對一個「摯友」該懷抱的感情。

想占為己有這種事，可不是出自友情，而是「其他種東西」。

我跟日葵之間不會有戀愛情愫——這是從國二那年至今的約定。

然而最近，我的摯友實在太可愛了……讓我覺得有點傷腦筋。

◇◇◇

「……沒辦法。因為妳是我的『摯友』。」

悠宇這麼說。

他的態度很冷淡，而且也沒有朝我這邊看過來，就只顧著做無謂的器材整理。比起那種事情，我希望他可以看著我說話。

但是，悠宇看著的是鬱金香的樣品。

那是直到剛才榎榎還戴在身上的東西。還殘留著她的溫暖，以及初戀香氣的東西。

我不禁這麼想。

啊，我被甩了——這樣。

我本來只是想開個玩笑而已。

我希望他能像平常一樣說著「這才不適合妳」之類的話。那樣我就能回他一句「我才不想被悠宇這樣講呢」。

「說得也是。」

無意間，我說出了這句話。

說得也是呢。

我是你的「摯友」嘛。

這一個星期以來，悠宇都一直沒有要跨越那條界線的意思。

……明明對我來說，早就不認為你只是個朋友而已。

在花店發生的那件事，讓我深刻地明白了。我不禁看見了悠宇「戀愛的表情」。

在我面前，他從來沒有展現過那樣的表情。悠宇竟然有著我所不知道的一面，這點不知為何，讓我覺得苦不堪言。

我一直以為悠宇是我的，直到這時才發現根本不是這回事。還以為自己知道悠宇的一切，事實上卻只是我自以為是而已。

我好想近距離看看那個表情。

好希望他能對我露出那樣認真的表情。

我這才發現，原來自己「並不是喜歡悠宇在製作花卉飾品時的表情」。我希望他那雙傾注了滿滿熱情去燃燒，就像玻璃珠一般的眼中，只倒映著我的身影。

或許是因為這樣，我才會擔任悠宇的飾品模特兒。因為只要能成為第一個戴上悠宇做的飾品

的人，他就會用那熱情的雙眼看向我。

然而，他看的並不是我這個人。

我們之間建立起來的友情，成為我們之間的關係發展下去的阻礙。

這是最讓我無法忍受的事。

但是，又會覺得捨不得。

因為那是我們這兩年來的所有點滴。就像無論開心的事情還是難受的事情，統統都塞進去的包包一樣。

然而，為了向前邁進，又不得不捨棄。

捨棄不了的這點，就是一切的敗因。這一星期以來，我都一定會準備好後路。要是失敗了，我打算就好好回歸摯友的身分。

所以我才會敗北。

正確來說，我不覺得自己會贏。

說穿了，我這個人並不會將自己的一切，都拿去押在說不定會輸的勝負局面上。

從今以後，這點想必也不會變吧。深深刺進心中，那名為敗犬天性的毒，一定會緩慢地毒殺我的未來。

所以，我才要做得更好。

既然沒辦法得到更多，至少也不要再失去些什麼。唯獨這個我們兩人的友情包包，絕對不讓別人拿走。

若是想繼續當悠宇的摯友，只要我稍微忍耐一下就好了。

……然而，這場樣品攝影結束後，過了一個星期時，我才發現這其實已經是敗犬才會有的想法了。

IV Turning Point.

歡迎光臨～

客人要一貫炙燒喔～

精神飽滿的招呼聲，在店內此起彼落。

我們來到了國道十號沿線上的壽司店。

神田川。

這是深受當地民眾喜愛的地區型壽司店。從壽司到鄉土料理應有盡有，品項豐富的菜單正是這間店的賣點。

當地捕獲的新鮮漁獲肉質結實，土雞鐵板燒也是超級好吃。由於價位有點高，對我們家來說是在生日之類，或是爸媽的結婚紀念日時才會來吃。在中元節或是新年等時期，要是沒有事前預約，直到打烊之前候位區都是大排長龍。

今天是平日，因此很快就能入店就座了。應該說，是因為日葵認識畢業之後在這裡工作的學姊，所以只要不是尖峰時段，稍微「拜託」一下就能得到通融。

圍坐在日式座位的矮桌前，日葵高舉起茶杯。

「那麼，在此宣布悠宇的新作飾品發表會正式開始～～！」

「耶——」

我沒勁地這麼回應之後，便用茶杯彼此碰杯了一下。

喝了一口熱茶，馬上就轉變成「好耶，開吃壽司！」的心情了。我在小盤子上夾了一點薑片之後，便發現對面的兩人只是一副呆愣的樣子。

「榎本同學、真木島，你們兩個不吃嗎？」

「這跟我想的不一樣！」

激動地這麼吐嘈的人是真木島。

榎本同學則是在環顧四周之後，身體都不禁縮了起來。

「小夏！我是有聽說要跟大家一起吃飯，但為什麼是這種正統壽司店啊！」

「……小葵，這間店還滿貴的吧？」

我拿起點餐用的平板，不斷點著餐點按鈕。

是沒錯，四周也確實都是全家人一起來，或是社會人士情侶的客人。應該沒有其他桌是一群

穿著高中制服的客人吧。

日葵「嘿！」地冷笑了一聲。

「真木島同學，不要的話你可以不用來就是了～還不是悠宇千拜託萬拜託，才會難得約你出來吃飯。」

「唔！竟然把小夏搬出來，太卑鄙了吧！我就是討厭妳這種地方！」

「你們兩個，難得吃頓飯，就好好相處嘛……」

算了，是沒差啦。我毫不介意地點了餐。

我先點了燒烤鯖魚的棒壽司。稍微炙燒過的溫熱鯖魚壽司最好吃了。魚肉會在嘴裡柔軟地化開，融化後的油脂更是多汁。這是在超市熟食區絕對品嚐不到的美味。

然後日葵絕對會先點番茄搭配莫札瑞拉起司的沙拉。這是一大盤給許多人一起平分的分量，但日葵可以自己一個人吃光，著實令人驚訝。

將平板傳給真木島他們之後，兩人感覺有些無力地接了下來。

「你們兩個的金錢觀絕對很有問題……」

「我只有生日的時候才會來吃耶……」

話雖如此，兩人還是都點了餐。

真木島先是點了綜合壽司跟土雞鐵板燒。這是當地居民的基本盤。

榎本同學則是點了當季天婦羅。以這個時期來說，每年都一定會有竹筍的梅肉天婦羅。那個很好吃呢。

就在開始吃起陸續送來的餐點時，真木島向我們問道：

「一般來說，慶功宴都是在拍攝結束之後才會辦吧？」

這時，我正好將鯖魚壽司送進嘴裡而已，因此日葵替我回答：

「上傳ＩＧ之後，會有一段時間都要忙著處理訂單，反而沒空啊～悠宇要專注於製作作品，我也要幫忙打包。通常要忙個一個月左右，才會空閒下來吧～」

到了那個時候，就會有種「就算說要慶功宴……」的感覺。不如說，我們還比較想趕快回家睡覺。

「原來如此。人氣店家還真是辛苦啊。」

「不，你也別誇讚過頭了。畢竟是要靠個人勞動去處理，無論如何都很花時間。」

如果設備再齊全一點，效率應該也會更好吧。

但是，還在念高中的時候，應該很難達成這點。畢竟能自由運用的時間很少。真想早點畢業，租一間像是工作室的地方，專心於作品製作上……

真木島揚起了笑。

「所以說呢？你是要拿那個什麼新作品給我們看對吧？」

「對啊。雖然還有點早，但就來發表一下吧。」

我從書包裡拿出一個長方形的紙盒。

這次的主題是「戀愛」。畢竟是很纖細的東西，所以挑選飾品盒的基準，也比較著重於這方面的氛圍。用紅色和紙做成的這個紙盒，是向以前曾協助我們進行ＩＧ拍攝的工藝用品店進貨的東西。

一打開蓋子，就能看見著上鮮豔紅色的鬱金香永生花。我戴上手套，謹慎地拿出來。

「這次是做成髮夾。作品構想是讓飾品融入榎本同學那頭帶著紅色的黑髮之中。之前我也跟榎本同學說過，鬱金香是一種開花程度會隨著當天氣溫產生變化的一種花。這次製作時的氣溫在二十度以上……是在花瓣綻放到最開的狀態下進行加工的。」

「小夏，這也太厲害了。我從來都不知道鬱金香的花瓣可以開到這種程度耶。」

我將手套交給他，讓真木島也能拿起來看看。

「這個髮夾的部分呢？不是金屬製的吧？」

「這是上漆的木製品。我是跟進了這個飾品盒的店家訂購的。由於不是量產品，因此成本高了一點，所以售價也會比較貴就是了……」

「不不不，這樣做超棒的。小凜，妳也是這麼認為吧？」

「唔，嗯。我覺得非常漂亮……」

正要交給榎本同學看的時候，日葵突然就湊了過來。

「就是說啊～～！」

「哇啊，嚇我一跳！」

一個不小心，差點就要弄掉髮夾了。我連忙伸出手，在千鈞一髮之際成功接下……差點就要變成醬油口味了。

「日葵！太危險了！」

「啊！……抱、抱歉，抱歉。我不小心就太興奮了～～」

她感到愧疚地「啊哈哈」地笑了笑。

由於一口氣做了很多個，姑且是還有備用品。

但我覺得這個是顏色上得最漂亮的。可以的話，我想拿它來進行拍攝。

「而且拍攝結束之後，這個也打算要送給榎本同學。」

「真的嗎！」

「哇啊，嚇我一跳！」

這次換成榎本同學隔著桌子探出了身體。

害我差點捏爛手中的髮夾。現在是怎樣？今天是整人宣導日嗎？還是昨天有播類似的節目？

「榎本同學怎麼也跟著做出這麼大的反應啊？」

「啊，不是，因為小悠說……」

她的視線移向那個髮夾。

「至今拍攝時用的飾品，也全都給日葵了啊。所以，我本來就打算要給榎本同學。」

「真、真的可以嗎？」

「這次難得請妳來幫忙嘛。啊，如果妳比較想要其他作品的話……」

「這個就好了！……啊，應該說，我想要這個！」

「這、這樣啊。妳喜歡就好。」

「嗯。這個超可愛的。」

這時日葵用智慧型手機拍下那個髮夾，同時也不斷點頭表示認同。

「真的有種悠宇最高傑作的感覺呢～～！我也覺得這個超可愛的喔。銷售業績絕對可以創下最高紀錄！」

「呃，喔。謝謝……」

「我都已經決定好銷售標語嘍。『牽起心繫之人的命運紅花』。就是把這個作品跟命運的紅線做聯想喔～～」

「不用妳說明我也知道是這個意思。但妳會不會太心急了啊？」

「才不會呢～～模特兒的表情可是會因為有沒有意識到這種中心主旨而改變嘛。」

這麼說著，話題就拋到榎本同學身上了。

「對吧，榎榎？」

「咦？唔，嗯。應該吧……」

「所以說，就決定是這句標語嘍。『牽起心繫之人的命運紅花』。悠宇，這也很適合你們啊。」

……最後那句話，很明顯就是多餘的。

這陣子日葵一直動不動就會說出這種話。感覺就像是要刻意讓我跟榎本同學莫名地在意對方。

這也會讓榎本同學覺得很傷腦筋吧。

「不是，日葵，妳誤會……」

這時，真木島也突然大喊了一聲。

「對了，小夏！機會難得，你乾脆就幫小凜戴上吧！」

「你也是突然間說這什麼話……」

可不可以別在奇怪的地方跟日葵較勁起來啊？

我對上了榎本同學的眼睛。她的臉頰有些泛紅，並將臉朝我湊了過來。

「那、那就……麻煩你了。」

的男人纏上。

真的假的？

榎本同學其實有點……不對，是相當容易被當場的氣氛影響。真的很希望她以後不要被奇怪的男人纏上。

「戴上去～～戴上去～～」

「小夏，展現出你男人的一面吧！」

你們這些圍觀群眾真是吵死人了。不要只有在這種時候才這麼合拍好嗎？

他們紛紛拿起手機將鏡頭對準我們這邊，同時我也拿起了髮夾，榎本同學更是直直地對我投來飽含熱意的視線。

……這是為什麼啊？

感覺心跳超快的……而且日葵他們為什麼要突然安靜下來，一直盯著我們這邊看啊？要是不再鬧一點，感覺就很煞有其事，讓我很害羞耶。

我將榎本同學的瀏海撥過來，再將比較長的頭髮朝著耳後勾去。她感覺有些搔癢地縮了一下身體。這時我將髮夾插入分開的地方，並緊緊固定住。

鬱金香鮮豔的紅色一如預想，跟那頭漂亮的黑髮很是相襯。

「這樣如何……？」

「謝、謝謝你……」

接著她又「嘿嘿」地笑了一下。

……她看起來真的覺得很開心耶。這種反應不禁連我都產生了一點奇怪的心情。

我無意間看向日葵，不知為何就連她也覺得害羞地撇開了臉。

「哎呀～～悠宇，這是不是有點太情色了啊……」

「嗯。雖然是我提議的，但這或許不是可以在大庭廣眾之下做的事呢……」

什麼意思啊！

他們現在是要說我做的飾品有違公共秩序及善良風俗嗎！

「總、總之！今天的重頭戲也結束了，我們繼續點餐吧！」

「喂，日葵。給我點最貴的壽司。鮪魚跟螃蟹點好點滿。」

「什麼——！悠宇，這可是要給哥哥看收據的耶！」

「我管妳。那樣起鬨害人這麼難為情，妳不要以為自己可以全身而退。」

日葵就之後交給雲雀哥好好罵一頓吧。

♣　♣　♣

看看時間，已經快要晚上八點。

我們都吃得差不多，正想著也該散會了。

「榎本同學，妳要怎麼回去？」

「啊，小慎的哥哥會來接他，所以就順路載我一程。」

真不愧是兒時玩伴的優勢。如此一來也放心了。

那個真木島現在去飲料吧拿最後一輪飲料。只見他從另一頭拿著裝了哈密瓜蘇打的玻璃杯，朝我們走回來。

他的表情怎麼看都很奇怪。不但狠狠地皺著眉間，還一直瞪著日葵。

「……時候到了吧。」

…………？

總覺得他好像這麼喃喃了一句。

坐回座位後，真木島突然開口說：

「小夏，這麼說來，你之後打算怎麼發展？」

「之後的發展？」

真木島揚起了一抹笑。

他喝了一大口哈密瓜蘇打潤喉之後，就將玻璃杯咚地放到桌上。

「我就直說了。讓小凜擔任小夏的專屬模特兒吧。」

「……啊？」

這一句話讓全場都靜了下來。

日葵也是……而且似乎連榎本同學都是第一次聽說這件事，直直地看向真木島。在這情況下，真木島格外像在演講一般繼續說下去。

「小夏，你也在這次的拍攝當中，相當中意小凜的表現吧。這個飾品的完成度之高，可說是讓人沉醉不已。在我看來，就是你們的契合度很高。這也不是一樁壞事吧？」

「畢竟榎本同學這麼漂亮，我是覺得很感激啦。」

「對吧！你很懂嘛！小凜很美。這麼卓越的人才，可不是隨隨便便就能找到的。只要累積多一點作為小夏專屬模特兒的經驗，她還能更進化喔。你就跟小凜攜手邁向更高峰吧。」

「但你這個說法也太跳躍式了吧。再說了，總不能忽視榎本同學自己的想法。」

這似乎是真木島靈光一閃的點子。

又不是我的飾品可以給榎本同學帶來什麼好處，我總不能給她添麻煩到這種地步。

「只要小悠你願意，我是沒關係……」

「咦，真的假的？」

沒想到榎本同學答應了。

她是不是又被氣氛影響……不，看起來並不是那種感覺。我能從她的表情窺見她真正的想

法。不如說是因為真木島的多嘴，反而得到了這個機會。

……如此一來，我也沒有理由拒絕了。

「這個嘛，如果妳覺得擔任我的飾品模特兒很有趣的話，那倒是……」

就在我要接受這個提議的時候……

「——不行！」

……這麼說的是日葵。

她喊得格外大聲。不，與其說是大聲……不知為何，聽起來更像是一陣哀號。

被她嚇到的人，不只有我跟榎本同學而已。就連其他桌全家一起來的客人，也都一副嚇到的樣子，朝我們看了過來。

就只有真木島一副稱心如意般地揚起笑容。

這時日葵回過神來，連忙說道：

「抱、抱歉！我有點太大聲了呢～～」

她開朗地「啊哈哈～～」這樣笑著，並對真木島的提議做出回答：

「當然，我覺得真木島同學的提議很不錯喔。榎榎的話，我也是舉雙手歡迎。但我在想，這會不會反而害到榎榎呢？」

「……為什麼？」

真木島顯得有點煩悶地回問。

「悠宇應該也知道吧，那個宣傳用的帳號，在這一年追蹤人數突然增加了很多。」

「嗯，是啊。」

與其說是增加，開始用ＩＧ宣傳也才一年多而已。

「也真的會被說很多壞話呢。像是『以為自己長的可愛就這麼囂張』之類，『把自己擺在甜點照片正中央的女人（笑）』等等。我是沒差，要是沒有習慣這些匿名傳來的留言，心裡也會很難受。但榎榎沒必要承受這些事情吧？」

真木島立刻做出反駁。

「既然她已經在這次ＩＧ擔任模特兒了，這個邏輯應該說不過去吧。」

「只出現一次的來賓跟持續擔任專屬模特兒的意義不一樣吧？只要拋頭露面的次數越多，被黑粉盯上的可能性也會越高……」

「這些心理層面的照料，是日葵妳這個前輩的職責吧？妳應該不會因為自己的工作增加了，而嫌麻煩才是？」

「更何況，也不知道榎榎究竟適不適合就是了呢～～？」

「妳是真的這麼想嗎？妳應該已經知道，小凜不是一個那麼柔弱的女生吧？畢竟現在，她『甚至都帶給妳威脅了』。」

「……你想說什麼？」

「……妳覺得我想說什麼呢？」

總覺得氣氛變得越來越奇怪了。

他們的議論漸漸白熱化……應該說，兩個人都一副快要吵起來的樣子。他們平常總是隔著我互嗆而已，現在的氣氛變得不太一樣。到底是在氣什麼啊？

「你們兩個，稍微冷靜一點……」

「這跟悠宇無關，你閉嘴啦！」

「就是說啊。小夏，你不要來鬧！」

現在不是在講我的飾品模特兒的事情嗎！

日葵繼續列舉出她否定的論調。

「再說了，她不是要幫忙家裡嗎？還要參加管樂社吧。光是這次的事情，就讓她在這幾個星期都一直跑來我們這邊了，想要兼任三方是絕對不可能。」

「啊哈哈！透過這次經驗，她也已經掌握到你們製作的流程了。而且剛才你們也說，在IG上貼文一次之後，大概有一個月的時間都要專注於販售工作不是嗎？接著再決定下一個新作品的主題，然後種花……至少就模特兒的工作來說，在三個月當中大概只有兩星期，並不會一直被這件事占用掉時間。」

「既然要做，那像是校慶之類就要請她來我們這邊才行。而且整理種花報告也很辛苦……」

「妳在說什麼啊？我在講的是成為小夏的專屬模特兒，並不是要小凜加入園藝社吧。妳的論點偏掉了喔。」

真木島一臉開心地瞪向日葵。

「日葵，妳有什麼好『焦急成這樣』的？」

「我、我才沒有焦急呢。我只是在替榎榎著想……」

日葵轉而看向我。

那副表情就日葵來說相當罕見。跟她平常總是那麼從容的態度相反……看起來簡直就像個柔弱的女生一樣。

感覺就像眼看最喜歡的玩具或人偶要被父母沒收，因而泫然欲泣的孩子一般……並拚命地抓著那個東西，懇求有沒有人可以幫她那樣的表情。

「欸，悠宇，你也是這麼想的吧？」

「嗯──……」

我陷入思考。

日葵的說法沒錯。實際上就是有那種毀謗的留言。應該說隨著帳號的人氣攀升，就會出現這樣的傢伙。

但那終究只是嫉妒而已。因為日葵很可愛，所以那些人只是對此嫉妒而已。這就像真木島所說的，只要我們盡力照料榎本同學心理層面的狀態，就能解決了。

更重要的是，榎本同學會是怎樣的心情呢？

說到頭來，本來就是因為我們自己的問題，而將她拉了進來。事情一解決就切割開來，那才叫沒誠意。日葵還要處理訂單之類的業務工作，若是可以藉此減輕她還要擔任模特兒的負擔，也是一個好處吧。既然對我們是有利的，就更沒有理由拒絕。

「不，既然本人都說想做了，那也沒差吧？」

「……！」

日葵的表情不禁扭曲。

「悠、悠宇？你是認真的嗎？」

「與其說是不是認真的，我反而搞不懂妳為什麼要抗拒這件事……」

「因、因為！那是我們兩個一起努力到現在的事情耶！」

「不是啊，又沒有說好絕對要只靠我們兩個人去達成這個目標。說到頭來，我們也是為了從第三者身上尋找出靈感，才會邀請榎本同學加入吧？然後這件事情成功了，人家也說可以繼續參與，那拒絕這項提議反而很奇怪吧。」

「是、是沒錯啦……」

日葵沉默了下來。

我覺得很尷尬地吸了一口可爾必思。

「是說，日葵妳啊。最近是不是有點奇怪？」

「哪、哪裡奇怪……？」

「總覺得妳一直在強調『戀愛』這件事，很明顯就太過頭了吧。對於這種以女性顧客為主的生意來說，我也認為這確實是一個很重要的元素。但日葵沒必要強迫自己表現出來……而且妳平常都在說搞不懂什麼戀愛情感吧。」

更何況日葵本來就是給人更爽朗中性的印象。

像至今的作品那樣，讓她處在季節分明的場景或是大自然之中，才能發揮她這個模特兒真正的價值。沒必要特地執著於自己不擅長的模特兒領域也沒關係吧。榎本同學加入之後就能分擔這方面的職責，也是一大優勢。

……不過，這也只是「場面話」而已。

比起這種事情，還有令我更介意的地方。不如說，那一點才可說是我的「真心話」。

「而且，假設以後也要做同樣這種主題好了。妳覺得只是在惡作劇就做出『那種事情』……

也讓我覺得有點麻煩。」

「……！」

日葵的臉立刻漲得通紅。

我這麼說，暗指了前幾天在科學教室的「那件事」。這似乎也確實傳達給她了。

說真的，我不想被日葵用那種對心臟不好的方式騷擾。

因為，那種事情要是反覆下去……我就會喜歡上她。

我們本來就說好了，彼此之間不要有戀愛情愫，因此這樣迴避風險也是理所當然吧。至今就算有肢體上的碰觸，又或是聊些黃色話題……也從來沒有產生過那樣男女之間的氣氛。

如果以後也要做「戀愛」的飾品時，日葵都像這樣說著「跟我體驗一下吧？」，並又來逼我接吻……說真的，我沒有能夠自制的自信。所以就會想要有一個像榎本同學這樣，可以阻止日葵的人在。

更何況，光是想著這種事情，我就覺得夠麻煩了。

「所以抱歉，我這次沒辦法站在日葵這邊。」

「…………」

日葵沉默了下來。

惹她生氣了嗎？不，這是日葵不對。打從一開始就是她自己去邀請榎本同學的，現在又這樣講，完全是她在耍任性吧。

……思及此，我發現日葵的手匆忙地動了起來。她翻找著自己的書包，還在低語喃喃著什麼。

「冷靜，冷靜點，冷靜下來。沒事的，日葵，妳可以的……」

「日、日葵？妳怎麼了嗎？」

「呵、呵呵。哪有？沒怎樣啊？我只是在找Yoghurppe……」

「呃，妳剛剛才把今天的最後一瓶喝掉而已吧……」

這時，日葵的表情僵住了。

她的臉上褪去了溫度。

「……抱歉。看來，我冷靜不了了。」

「咦？」

日葵揚著笑容回頭看過來。

然後，她就帶著那燦爛的笑容……將裝著可爾必思的玻璃杯從我頭上倒了過來。當然，我的頭也因此濕成一片。

「…………」

「…………」

榎本同學目瞪口呆地看著我們。

就連那個真木島，似乎也感到意外地張嘴愣住了。

日葵一邊咬著那根吸管，面帶笑容地說：

「我們絕交吧。」

「…………」

咦？

她剛才說了什麼？

在我感到傻眼的時候，日葵清清楚楚地又說了一次。

「絕交。」

「……啊？」

絕交？

絕交是那個嗎？「我再也不跟你講話了——！」的那個吧。小學的時候，偶爾會有男生們在那邊這樣吵鬧。順帶一提，我從沒有過這樣的經驗……因為我沒有朋友。

「日、日葵，妳是在開玩笑吧……？」

「……玩笑？」

下個瞬間，日葵的笑容猶如惡鬼的表情般扭曲了。

她使勁咬斷了原本銜在嘴邊的吸管！

「悠宇你這種人，我真的要跟你絕交啦啊啊啊啊啊啊啊啊啊啊啊啊啊啊啊啊啊！」

「什麼————！」

我跟日葵的嘶吼，響徹了整間神田川。

V

「不滅的愛」

隔天來到學校。現在正好是早晨班會前的時間。

下星期就要開始放黃金週了，學生們都顯得心浮氣躁。

今天是星期五，過了一個週末，只要再上星期一、二兩天課，就可以連放五天假了。運動社團的學生們在聊著要去遠處比賽的事情，其他人也都熱聊起假日的計畫。

相較之下，我的內心相當不平靜。

自從日葵揚言說要絕交，過了一個晚上。在那之後，日葵立刻把雲雀哥叫來，就逕自搭車回去了。她完全沒有要聽我說話的意思。

害得我也只好打電話給咲姊，請她來付神田川的餐費。

我還以為一定會被臭罵一頓，沒想到她看到被日葵淋了滿頭可爾必思的我爆笑不已，心情反而超好的……理所當然的，她也用LINE向嫁出去的另外兩個姊姊報告了這件事。

說到LINE，日葵從昨天晚上開始就一直對我的訊息已讀不回。

就算來到學校上課，她也完全不跟我說話。座位就在隔壁這點，更是讓氣氛尷尬不已。

……好像是真的絕交了。

我搞不懂。為什麼啊？各方面來說，我都摸不著頭緒。

她到底在不爽什麼？不，就昨天講的話看來，想必就是讓榎本同學成為專屬模特兒這件事吧。但是，她有必要討厭成這樣嗎？之前一起做事時她們也很合拍，其實是很要好吧。

再說了，什麼絕交啊，妳是小學生喔。

想到這點，我也覺得火大了起來。為什麼我非得單方面被當壞人才行啊？這麼想也沒錯吧？

我究竟是做錯了什麼？

「…………」

我吸著Yoghurppe。這是今天早上在自動販賣機買的。

無意間，我跟日葵對上了眼。她也正喝著Yoghurppe。

「…………」

「…………」

這時，日葵露出了大大的笑容。

有種「呵呵呵～就算被說要絕交，你是不是也太在意這個可愛的我啦～～？悠宇還真是喜

歡我啊～～」的感覺。確實是很可愛沒錯，但妳有發現自己的後腦杓正插著一把大大的迴旋鏢嗎？

「…………」

哈！

妳要這樣玩的話，我也有我的辦法。具體來說，就是這幾個星期跟榎本同學學來的手段。

我從書包裡拿出一小袋零食。這是我們家便利商店的新商品。哈瓦那辣椒那種超辣的零嘴。

我一口咬下了其中一根。

又麻又辣的口味。

接著再喝下一口Yoghurppe，便更是突顯出乳酸菌飲料的甜味。

「啊～～超好吃的～～」

「……！」

「但這一個人吃不完耶。有沒有誰要來幫我吃一點啊～～」

「～～～～！」

呵。開始動搖了。

平常總是被她耍得團團轉，相對的，這種時候就更應該明確地表現出精神層面的優勢。

因為，我又沒有做錯事。要讓榎本同學來擔任模特兒是她的意思，並不是我去開口邀請的。

將生氣的矛頭指向我，打從一開始就太沒道理了。

說到頭來，我這個絕交對象傳給她的LINE一定會在三秒內顯示已讀，就代表日葵心中還有著微妙的動搖吧。在這種狀態下，真虧她還能說出絕交這種話。

這時，可以聽見另一頭傳來班上的男生們在聊的事情。「那兩個人是不是難得在吵架啊？」「不，怎麼看都是在放閃吧。」「不要關注他們比較好。小心被當成他們新玩法的一環喔。」……呃，別這樣好嗎？你們這些傢伙，絕對是說得刻意要讓我們聽見的吧。

咳！我輕咳了一聲。

「日葵，妳到底是在不爽什麼？」

「…………」

啊，看來這傢伙是真的要無視我。

真幼稚啊。我將那一小袋零食朝桌上扔去。Yoghurppe的紙盒也發出了窣窣的聲音。我一個使勁，壓扁了喝光飲料的那個紙盒。

「不說就算了。這代表我們一起成立一間專賣店的關係也跟著結束了吧。」

「……！」

僅僅轉瞬之間，日葵的臉色變了。

她張了嘴，好像想說些什麼。但是，最後依然是沉默不語。她一臉莫名悲傷的表情，往桌上

趴了下去。

四周投來其他學生的視線刺痛了我。

……呃，我也明白啦。在旁人的眼光看來很明顯就是我在欺負她嘛。這種時候，日葵魔法占了很大的優勢。任誰都難以想像日葵會歇斯底里到讓人難以應付吧。

（……算了，反正很快就會恢復原樣了吧。就算是摯友，也是會吵架的。）

我看向窗外。水平線的前方是一大片日向灘的湛藍大海。

今天天氣也很好，是照料花卉的絕佳日子。真想蹺課去花店買些球根跟花盆。真想在外頭揮灑著汗水，並拋開這種煩悶的心情。

——嗡。這時，傳來一道震動的聲音。

從我智慧型手機傳來的。是什麼訊息嗎？

我確認了一下手機，發現是日葵傳來的。看樣子，她總算死心了。是不是我的哈瓦那辣椒軍糧作戰起了效用呢？

無論如何，這樣總算可以對話了。

咦？不是傳LINE而是電子郵件啊。真難得。而且內容還是一大串。總覺得字面好像也很生硬……嗯嗯？

「……將寄給日葵的信件轉寄給我？」

犬塚日葵小姐。謝謝您主動聯繫。

我是………藝能經紀公司的………

非常感謝您給出令人高興的答覆。對敝公司來說，立刻可以………至於具體的方針，改日會再告知您………根據屆時的狀況………說不定五月底就能著手處理讓您轉學到這邊的學校的手續……

（這是……什麼……？）

難道是之前日葵說過已經拒絕的，被藝能經紀公司相中那件事的相關信件嗎？令人高興的答覆是……咦，這是什麼時候傳的郵件？

……昨天晚上。就剛好是對我做出絕交宣言之後的時間。

「等等，日葵！這是怎麼回事？」

我忍不住當場站了起來。

由於動作太大了，椅子還不小心撞上後面的桌子。因為這一聲巨響，教室裡也陷入一片寂靜。

日葵的頭朝我這邊動了動。從她的手臂之間，可以看見那雙藏青色的眼睛。

「……噗哈！」

日葵揚起了一道燦～～～～爛不已的笑容。

那簡直就像「反正你一定覺得我馬上就會原諒你了吧？要道歉的話就趁現在嘍～～」的感覺。

「～～～！」

啊，可惡！

這傢伙真的有夠令人火大！

「日葵，妳……」

就在這時，班級導師進來了。

教室裡的氣氛，讓老師不禁垂下嘴角。

「夏目。怎麼了嗎？」

「……沒、沒事。」

早晨班會的鐘聲正好響起。我拉回椅子坐下來之後，其他同學們也紛紛回到自己的座位。

在那之後，日葵就真的完全不再跟我說話了。

♣　♣　♣

進入午休時間的鐘聲響起。

「……！」

「什……！」

日葵一站起來，就立刻如疾風般衝出了教室。我因為要從書包裡拿出當作午餐的便利商店麵包，而在第一時間慢了一拍。

當我出到走廊上時，早已不見日葵的身影。

……又被她逃了。

「可惡！」

我不禁揍向牆壁。

感覺好像很認真地吵了起來，但其實就是日葵完全不肯聽我說話。

傳給她的LINE一樣都是已讀不回，更重要的是，我在教室裡單方面找她講話的畫面實在是丟臉到不行……光是今天就被班上同學偷拍了三次左右。

這時，另一邊傳來室內鞋躂躂躂的腳步聲。

「小、小悠！」

「榎本同學……」

她好像很焦急的樣子。自從昨天說出絕交宣言之後，她也一直很擔心，所以應該是要來看看我們的狀況吧。真的好溫柔……不過等等。拜託妳不要跑成那樣。具體來說，榎本同學的胸部附

近對男生來說太刺激了，拜託妳慢慢走過來吧。

榎本同學拚命地喘著氣，並一邊說：

「剛才，小葵傳了LINE給我……」

「真的假的！」

那傢伙明明都不回覆我！

我看了一下訊息內容。上頭寫著「我要去東京了，妳跟悠宇好好相處吧～～」這種多餘的閒事。真的很像是日葵會說的話。她以後應該會變成逕自介入年輕人的戀愛情事，結果被嫌煩的那種大人……咦？那不就是我家的咲姊嗎？

「日葵以後會變成那樣啊。真是討厭……」

「小悠？雖然我聽不太懂你在說什麼，但現在得先想辦法搞定小葵的事情……！」

哎呀，對耶。

現在沒時間擔憂我家咲姊將會增加的這種事了。

「對不起！都、都是我說想擔任模特兒害的……」

「不，這不是榎本同學的錯。是日葵不該說那些任性話的。」

「但、但是……」

看見榎本同學那副深感愧疚的樣子，就連我的心都痛了起來。

「總之，得先找到日葵才行……」

「啊，我有帶著一個好東西。」

是一小袋餅乾。

上頭沒有貼店家的標籤，所以應該是榎本同學親手做的吧。真的是讓人最想娶的美少女。

「小悠，我覺得這個可以派得上用場。」

「還有這招啊。這麼說來，我今天早上的零食也還有剩。」

「那麼，就放在一起吧……」

我們來到了中庭。

這裡有著我跟日葵一起種著花的色彩繽紛的花圃。我們將弄碎的餅乾屑圍繞著花圃撒了一圈。

我們躲進遮蔽處，靜待著獵物現身。

「……不來啊。」

「嗯——小葵是不是肚子不餓啊？」

麻雀飛了過來，一點一點地啄著地面。

超和平的光景。但要是餵食了野鳥讓牠們在這裡落地生根的話，就會有糞便之類的問題……

啊啊！麻雀們全都一起飛向天空了！

「你們兩個，現在是把我當野生動物還是什麼了嗎～～？」
出現在眼前的是日葵。
她就在中庭的另一側，伸手直直指向我們。
「呃，但妳不就真的現身了。」
「……！糟了！」
她是白痴嗎？
不，做出相同等級事情的我們也滿蠢的……是說，她該不會之前都一直待在看得見我的地方監視著我吧？
「日葵！總之妳先聽我說啦！」
「少、少囉嗦！我沒什麼話好跟悠宇說的！」
「少騙人了！既然如此，妳就不要採取那種希望人家搭理妳的舉動！」
「不准說那是希望你搭理我的舉動——！」
我立刻追了上去。
很可惜的是，我的腳步幅度壓倒性地在她之上。而且我的運動神經也比較好。這是我少數能贏過日葵的事情之一。
我在走向科學教室的階梯轉角追上她了。我抓住日葵的手臂停住她的腳步。

日葵背對著我，大口地喘著氣。我也是氣喘吁吁……這畫面要是被其他學生看見了，完全是一起事件吧。

「日葵，妳為什麼要這麼生氣？妳就這麼討厭讓榎本同學擔任模特兒嗎……？」

「……！」

日葵的手做出行動。

她的右手使勁地揮向我的左側臉頰。

「問題才不在於榎榎！還不是悠宇這種地方害我這麼生氣！」

「……為、為什麼啊！」

痛死人了。她竟然真的打下去……！

剛才那記耳光讓我非常火大。因為不管怎麼說，這都完全是日葵的錯啊。為什麼我不但要被打、要被潑可爾必思，還要被班上那些傢伙用討厭的感覺看待啊？

我到底是做錯了什麼？這些事情打從一開始，不就都是妳做了那種多餘的事所害。

把榎本同學帶來AEON、說要讓她擔任模特兒，結束之後人家說想繼續做下去，妳又任性地拒絕。

甚至還擅自說要去東京……！

這種事情至少跟我商量一下吧。我對妳來說只是這種程度的存在嗎？至今嘴上說什麼摯友，

全都是騙人的嗎？在妳眼裡，我終究只是個給妳耍著玩的玩具喔！

「我也討厭妳這種任性妄為的一面啦！」

我忍不住就出手了。

原本想要抓住日葵的衣領，卻有點偏掉，因而抓上了日葵的脖子……我抓上了那個鵝掌草的頸飾。

我使勁地要將那個飾品拉過來……當我回過神時，釦環已經斷掉了。

……那是在百圓商店買的零件。經過長年的劣化，就算變得這麼脆弱也不稀奇。不如說至今都沒有壞掉，已經算是奇蹟了。

問題是那掉落在腳邊……而我不小心踩了下去。那種觸感帶給我非常不祥的預感。

當我一抬起腳……只見包覆著鵝掌草的菱形樹脂部分，竄過了一道大大的裂痕。

樹脂也就是一種塑料……只要施加強大的壓力，會碎裂也理所當然。更何況這是跑進了大量氣泡的失敗品。在持久性方面有著很大的問題。

「日葵，這……」

「你把腳拿開！」

「咕啊！」

一道猛力的頭槌襲來。

這記攻擊完全命中了我的下巴。在一陣暈眩之後，我不禁當場蹲了下來……日葵撿起壞掉的頸飾，一臉鐵青地顫抖了起來。

「不、不會吧，天啊……」

「…………」

她露出一臉悲痛的樣子。我看著那張彷彿世界末日來臨一般的神情……反而在內心湧上了一股難以言喻的憤怒。

……現在是怎樣？

說真的，妳到底是想幹嘛啊？

一下子說要拋棄我這個人，但不過是飾品壞掉了，又露出這種表情。

……啊啊，到底是什麼意思？

說到頭來，妳所重視的終究只是飾品嗎？嗯，說得也是。打從一開始就這麼說過了嘛。跟我之間的友情什麼的，一點也不重要啊。

所以才有辦法那麼輕易就說要捨棄吧？如果只是想要飾品，也能透過網購買到嘛。就算不是我做的……想必也還有很多其他可以替換的東西吧？

……只有我這麼重視日葵，真的未免太愚蠢了。

「夠了。不管妳要去東京還是哪裡都隨便妳。反正對妳而言，我只不過是個『對妳唯命是從

的飾品創作者』而已吧？」

「……！」

日葵的表情一陣扭曲。她就像是看著難以置信的東西一樣，睜大了雙眼。她的嘴唇也微微顫抖了起來。

接著，一道清淚滑過臉頰。

「……這麼想的人是悠宇你吧。」

「啊？」

意料之外的反駁，讓我不禁語塞。

我？我是做了什麼？

日葵胡亂地擦了擦眼角。

「悠宇你也是只把我當作『唯命是從又好利用的幫手』而已吧？」

「我、我才沒有那樣想……」

「沒有嗎？既然如此，為什麼要讓榎榎成為專屬模特兒呢？為什麼要給予另一個人能夠第一個戴上悠宇做的飾品的權利呢？……我們不是約好了，那是屬於我的東西嗎！」

我說不出話來。

我很想否定。我並沒有把日葵當作那麼隨便的對象。

……但是，以現況來說，日葵所講的話沒有任何不正確的地方。

國中二年級的那場校慶。在摩斯舉辦慶功宴時，日葵確實說了

「所以說，你那樣熱情的眼神只要看著我就好了。讓我獨占嘛。如此一來，不管你做了多少個飾品，我都會幫你賣掉——我們就成為這樣的命運共同體（摯友）吧？」

先打破這個約定的人……是我。

不知道她是不是誤會了我這番沉默，日葵揚起了嘲諷的笑容。

「你喜歡榎榎吧？所以才會想讓她成為第一對吧？我懂啊。我也懂得戀愛嘛。我就是知道這種感情了。就算是我，也很想支持悠宇，很想祝福榎榎。但是，但是啊……」

日葵緊握著鵝掌草的頸飾。

「我怎麼可能甘願屈居第二啊！」

日葵這麼喊道。

她看起來很情緒化，並不是平常的那個日葵……但也說不定她打從一開始就是這樣的個性，只是我不去面對而已。

「悠宇，你一直以來都把我擺在第一順位。但現在不一樣了吧。你根本就沒有要正眼看待我的心情，我怎麼可能會笑著原諒你啊……！」

「…………」

我無言以對。

像是日葵明明也有不對的地方，或者什麼事情都不先跟我談談就逕自發飆也太莫名其妙之類的，我也有話想說。有很多話想說。

但我的嘴不為所動。

我只知道自己沒有資格指責日葵。

「我要去需要我的人身邊！」

「……！」

日葵伸手揮了下去。

壞掉的鵝掌草頸飾就這麼丟在我的左胸並掉落在地。

我也只能眼睜睜地看著她走遠的背影。

♣ ♣ ♣

……如果有可以重啟人生的按鈕就好了。

一邊想著這種事情，我垂頭喪氣地來到中庭。坐上堆積在角落的肥料袋，吃著乾巴巴的便利商店麵包。剛才撒的餅乾屑，又引來了一群麻雀。

這時，那群麻雀全都一起飛了起來。

難道是日葵……唉，是真木島啊。

「啊哈哈哈！看你對我露出那麼明顯厭惡的表情，讓我覺得真是愉悅啊！」

那個真木島雙手拿著好像是從合作社買來的炒麵麵包跟可樂餅麵包，誇大地張開了雙臂……

這傢伙，總是吃這兩種麵包耶。

「要不是你在神田川說出那種奇怪的話，事情也不會變成這樣吧……」

「你這就曲解我的好意了。看也知道事情遲早會這樣發展吧？」

「…………」

被他說中了。沒錯，我這麼說只是在遷怒而已。

只要我繼續對日葵抱持誤會，這道傷痕就會持續在水面底下擴大下去。

「來找我有什麼事？」

「我只是來看看自己的戰果而已。有什麼意見嗎？」

「只有滿滿的意見好嗎?能不能讓我自己靜一靜啊？」

「這就辦不到了。因為我是受小凜所託，來看看你的狀況啊！」

真木島一坐到我身邊，就咬起炒麵麵包。

還順便朝我遞出了一瓶Yoghurppe……我坦率地接了過來。嘴裡也正覺得乾乾的。拿報廢的

麵包當午餐，果然是最糟糕的選擇。

「你為什麼要唆使榎本同學成為專屬模特兒啊？」

「要是不這麼做，小凜就沒有勝算嘛。要是小夏就這麼被拐騙走，對我們來說就再也無法出手。簡單來說，我就是想讓事情演變成像是天岩戶神話那樣之前，搶先堵住逃脫的後路就是了。」

「為什麼啊？我能明白你會站在榎本同學那邊，但這跟從日葵身上奪走模特兒的寶座沒有關係吧。」

「你是真的這麼想嗎？真不愧是小夏，有夠青澀呢。」

真木島冷笑了一聲。

「假設小凜真的跟小夏成為情侶好了。但即使如此，小凜的任務還是沒有通關。」

「為什麼？」

「小夏，這點你應該也很清楚吧？」

真木島話中有話地這麼說，就咬了剩下一口的炒麵麵包。

「所謂目標，就是維持下去比得手還要困難。戀愛也是一樣。即使得到了小夏，要是這段關係中途產生裂痕，那就沒有意義了。」

「這句話從你口中說出來，未免太有說服力……」

「我這倒是無從反駁……別看我這樣，心裡還是想跟人好好交往下去的，卻總是進展得不太順利。」

「什麼，你這句話是認真的嗎？」

「當然啊。任誰都不想遭人刺殺吧？」

「……是沒錯。」

他這句話帶有莫名的分量……這麼說來，這傢伙總是活在戀愛的戰場之中。

真木島淺淺嘆了一口氣。

「你站在小凜的立場想想。好不容易得到小夏了，卻還要眼睜睜地看著一旁的日葵跟你那樣親密相處的樣子，未免太可憐了。既然如此，就必須在得到小夏之前，先搞清楚究竟誰在你心裡比較重要。」

「但我跟日葵是摯友……」

真木島大笑出聲。

「那還真是奇怪啊。既然如此，你的心又為什麼會被擾亂成這樣呢？」

這句話狠狠刺中了我。

見到我的反應覺得很滿意的他，猛地朝我探出了身體。接著他就跟平常一樣，不斷戳著我的胸口附近。

「聽好了。『like』跟『love』啊，說到頭來都是出自同一種『好感』。只不過是隨著自己的方便，替那樣的心情披上『友情』跟『愛情』的外皮而已。因此，很容易就會因為一點小事而讓這份形態產生變化。這就跟小夏最近開始把日葵當『異性』看待一樣。」

「唔……」

一個失手，我的便利商店麵包就掉下去了……完全被他說中了。

「你、你怎麼會知道啊……」

「要不是這樣，你也不會找來一堆藉口，不跟小凜交往吧？小夏，你所顧慮的『並不是小凜的心意，而是被日葵吸引的罪惡感』。我這個戀愛大師怎麼可能會看不透這種程度的問題呢？」

「應該是無節操渣男吧……」

「啊哈哈。我就當作是一種稱讚收下吧。」

真木島將剩下的可樂餅麵包遞了過來。意思似乎是要取代掉在地上的便利商店麵包。

「你就趁著這次機會，將戀愛還是友情之類，那種曖昧不清的事情統統忘了吧。重點在於『誰才是你心目中最重要的人』。」

「接下來又要唆使我了嗎？你不是站在榎本同學那邊的嗎？」

「我當然是站在小凜那邊的。不好意思，我對於國中時交往過的前女友可沒有一絲溫情。」

「那又是為什麼？如果是站在榎本同學那邊，這時應該就此讓日葵去東京比較好吧。」

事情似乎沒有這麼單純。真木島很難得尷尬地嘆了一口氣。他盤起雙手搓揉了一下，並稍稍低吟了一聲。

「我會提議希望可以讓小凜成為專屬模特兒，確實是為了破壞小夏跟日葵之間的關係。但這很明顯做過頭了。說真的，我也沒想到會產生這麼大的失算。」

「你說失算，是指日葵說要去東京的事情嗎？」

「沒錯。一般來說要是鬧起脾氣，都只是會跟對方保持距離而已。實際上那種程度反而是剛剛好的平衡。但日葵這次採取的行動，就像是在說『如果不離鄉背井就忘不了小夏』一樣吧……有誰能夠預料得到那個總是行事從容的日葵，竟然懷有那麼強烈的情感呢？」

「…………」

這個道理，我也能明白。

口袋裡放著壞掉的鵜掌草頸飾。我回想起剛才頸飾丟到我身上時的事情。

怎麼可能甘願屈居第二……是吧。

連我都難以想像日葵竟然會說出那種話。

真木島站起身來，並伸展了一下身體。他回頭看過來的時候，揚起了一聲輕笑。

「要是日葵因為這件事而離開，小凜一定會覺得相當自責吧？畢竟那孩子，就像是從戀愛喜劇漫畫當中走出來的『乖寶寶』。我只是不想看到兒時玩伴變成那樣而已。」

「…………」

「哎呀，我這樣講很啟人疑竇吧。不過，我也不是不能理解。畢竟就算講得好聽點，我也不是個性格多好的人，被我惹哭過的女人多到數不清。事到如今還說想要貫徹對於兒時玩伴的道義也太不要臉了……」

他好像在自言自語些什麼，但我沒有在聽。

至今，我都對於自己跟真木島這樣合得來的狀況感到費解。說真的，我只要有日葵一個朋友就夠了。而且我跟真木島的價值觀也合不來。

但不知為何，我就是想跟這傢伙聊天。不管他說什麼，我都不會覺得厭煩。這時，我終於理解了個中的理由了。

……因為很像。尤其是錯看自己本質的這點，跟日葵特別相似。我也是因此才會無法放任他不管吧。

「真木島，你還滿體貼的嘛……」

「……啊？」

真木島的臉忽然間通紅了起來。

「我、我才不體貼呢！開什麼玩笑！」

「呃，就算你露出那種當真的反應……」

我一點也不想看到男人害羞的表情好嗎？

就只有這個瞬間，真希望他能換成榎本同學的臉。

「哼！小夏時不時就會做出這種反抗呢。你要是跟小凜交往，正式成為我的弟弟之後，看我怎麼好好矯正你那種個性！」

「就說了，我才不會變成你的弟弟啦！」

「啊哈哈哈。那我走啦。隨你怎麼做吧。就算要這樣放任日葵不管，逕自跟小凜在一起，也是不錯的選擇喔。我說過很多次了，小凜有著能成為最棒的女朋友的才能喔。」

留下這句話，真木島就離開了。

他的背影看起來，心情似乎很好的樣子。

「果然還是很體貼嘛……」

他知道只要自己這樣講，我就會去挽留日葵。雖然這也是為了抹去榎本同學的罪惡感，但我還是難以把他看作一個不體貼的人。

「但是，如果事情有這麼簡單，我也不用這麼辛苦了……」

宣告午休時間結束的鐘聲響起，我也得回教室才行……下午還要在這種狀況下坐在日葵隔壁上課，氣氛絕對會尷尬到不行。

♣ ♣ ♣

下午的課程開始了。

我跟日葵座位就在隔壁，一直用自動鉛筆的筆蓋咚咚咚地敲擊著桌面。我們兩個都是無法蹺課的個性，因此實在是尷尬至極。

古文課的老師一邊調整著眼鏡的位置這麼問道：

「犬塚同學、夏目同學……你們發生了什麼事嗎～～？」

「「怎麼了嗎～～？」」

話聲重疊的瞬間，我們惡狠狠地瞪向彼此。

古文課的老師拿起手帕擦了擦額頭上沁出的汗水。

「不、不是啦，但你們平常都會吵鬧到要我警告的程度，今天卻特別安靜呢～～？」

「「那又有什麼問題嗎～～？」」

又異口同聲了。

這傢伙真的很令人火大耶。不要學我啊。

「……總、總之，要快點和好喔～～」

「「這就難說了喔～～」」

我一看向日葵，無意間跟她對上眼。

接著我們冷哼了一聲，就背對了彼此的視線。古文課的老師「咿！」地抖了一下。

……日葵的眼睛看起來有點紅。

不，我才不管呢。要連她哭出來的責任都強推給我，那也很令人傷腦筋。

（就算說隨便我……）

說到頭來，我也沒有資格選擇吧。

如果日葵說想去東京，那才真的是隨便她高興的感覺。畢竟她的生活費或是租房子的錢又不是我出的。

而且我也不可能一直什麼都不做，只會依靠日葵。

雖然日葵動不動就在說到了三十歲怎樣的，但一般來說，不可能跟一個人相處那麼長久的時間。

這和飾品正是一樣的道理。

除非結婚，否則不可能跟一個人共處那麼長的一段時間。

所以，我們總有一天會分道揚鑣。可能是日葵升上大學、有了交往對象，又或是結婚。在眼前沒有那麼遙遠的未來，我們一定會面臨分離。

而那只是提早了一點來臨而已。

……五月底就要搬過去，實在是有點太突然了。

現在就快要放黃金週假期了，如此一來真的只剩下不到一個月。

我從來沒有被藝能經紀公司的星探相中過所以不清楚，但大家都是這樣的嗎？不過，能保持美麗的時間很短，也是可以理解對方會這麼心急的原因。

我拿出智慧型手機，用LINE傳了一段訊息。

『妳真的要去嗎？』

三秒就已讀了……妳這傢伙，乖乖上課啊。

『要去。』

『為什麼？』

『我想具象自我價值。』

具象自我價值……她還是一樣懂得這種有些複雜的詞彙。

我多少能明白這個意思。

也就是希望得到一個確實有人需要自己的證據。

日葵接著傳了下一句訊息來。

『悠宇應該不懂吧。』

……我懂啊。我也是一直過著獨自製作飾品的每一天。

任誰都無法理解，也任誰都看不見，更是任誰都不需要我。

（……這樣啊。那全都是我的錯吧。）

第一個需要我做的飾品的人，就是日葵。

多虧了日葵，我的飾品才能延續下去，更是多虧了日葵，才能廣為流傳。而且在那一天，我跟日葵約好了，要繼續只為了日葵製作飾品。

而我違背了這一點，因此引來這樣的發展也是理所當然。

『妳難道就不能不去東京嗎？』

『不要。』

『讓榎本同學擔任模特兒的事情，我會去下跪拒絕她。』

『哥哥說過，男人就是會不斷在同一個失敗上重蹈覆轍的生物。』

『我無從反駁。』

『那這件事也不用談了。』

我把手機收回了口袋。

日葵很固執。一旦是她做出的決定，就不會因為一點小事而改變自己的意見。

所以，無論我說了什麼，結果應該都不會改變吧。日葵還是會去東京，想必會成為很受歡迎

的人……雖然我也不知道她是要成為什麼。

無論她跟我在一起，還是沒有在一起，應該都會變成那樣的未來吧。

（……那也沒辦法啊。）

無計可施。

會演變成這樣的結果，我也沒轍。

人生這種東西，就是不盡如意。

既然不盡如意……我就只能靠自己的力量，去掌握自己理想的未來才行。

◇◇◇

噗哈——！

悠宇那傢伙，真是個笨蛋耶～

我怎麼可能會去什麼東京啊。

為什麼我非得到一個爺爺跟哥哥都不在身邊的地方生活啊？我對自己的生活並沒有不滿到需要由素昧平生的那種粉絲來滿足自己。

而且，我最喜歡自己的故鄉了。

就算是鄉下地方，俗話也說住久了就是個好地方嘛。

這裡確實是鄉下到就算想看一部最新上檔的電影，也要到搭電車需要一小時才能抵達的AEON MALL就是了。即使如此，跟悠宇一起計劃一趟遠行也很開心。雖然原宿那間好吃的鬆餅店也沒有來開分店，但榎榎他們家的蛋糕更是好吃一百萬倍。

但說到悠宇，他真的很令人火大耶。我明明就不是個一被素昧平生的星探相中，就會隨隨便便跟著走的那種人啊～

（不過，剛才那招「假哭」似乎起了很大的效用……）

這正是我「拜託伎倆」的奧義之一。

只要這麼做，大家都會順著我的意。是為了操縱爺爺跟哥哥的最終武器。就連悠宇也還沒見識過的最強一招。只要遭受這招攻擊，就算是悠宇也無法等閒視之了。

……呃，那真的是在假哭喔。我怎麼可能真的哭出來。不過就是悠宇的飾品壞掉了而已……而且我也還有好幾個悠宇的飾品……

嗚嗚……

夠了、夠了！不要去回想已經過去的事情！要是被發現我在上課時哭出來，那才正是讓悠宇更得意忘形而已。他就會擺著平常那張臭臉說「哈！我就知道，妳未免也太喜歡我了吧？」……氣死人了！我又不喜歡你！

（啊啊，討厭！脖子感覺涼涼的！……之後絕對要他再做一個新的給我。）

總之……呵呵呵。

這給悠宇帶來很大的打擊。他似乎終於理解到我有多麼偉大了。活該啦。

接下來，就只要等著悠宇來向我下跪而已。

當他很沒出息地哭著對我說「拜託妳不要去啊～～日葵大人～～！」時，我就要蔑視著他，並高笑三聲地說「真拿你沒辦法啊，悠宇同學～～怎麼，不然就來交換個條件吧～～！」並對他提出各式各樣的要求。

首先，每個月要定下一天「感謝日葵大人日」。每到這一天，悠宇就必須盡全力聽從於我才行。

接著是花卉飾品。當然，以後也必須只為了我製作。要讓榎榎擔任模特兒也可以，但首先要從我開始才行。我就是First Lady。ＯＫ？

然後，再導入體驗接吻制度好了。以後當我逼著要體驗接吻的時候，悠宇絕對不可以拒絕。這就是傷害了少女心所受的報應。無論是在學校，還是在AEON都不准拒絕！……總覺得論點好像有點偏移，不過算了！

（原來人在即將迎來勝利的時候，會變得如此殘酷啊～～可怕，我都覺得自己實在太可怕了……噗哈！）

一邊觀察著悠宇滿懷絕望的側臉，我陷入了喜悅之中。
這麼想著想著的時候，古文課結束了，也來到放學時間。
會怎麼出招呢？差不多要來了吧？如果是悠宇，他一定會說著「日葵，我有話要跟妳說」就把我叫出去。真拿他沒辦法，我就先不要回家，在這裡等他好了～
……咦？
回過神來，隔壁的悠宇已經不在位子上，也沒看到他的書包……他是什麼時候走掉的？
「欸，你知道悠宇去哪裡了嗎？」
我試著向留在教室裡的同學這麼一問，結果對方回答：「他剛才回去了喔。」
……嗯，畢竟是悠宇嘛～
那傢伙很優柔寡斷。所以，面對失去我的這股悲傷，他應該是需要一段痛哭一場的時間吧。
好，我容許你！悠宇這種個性很可愛，所以我並不討厭。就儘管淚濕枕頭吧！
而且明天開始就是週末了。
根據我的預測，他應該會在這兩天哭著跑來找我吧。
因此我一直盯著智慧型手機。好讓自己保持在可以讓悠宇隨傳隨到的狀態，我甚至都做好打扮了。
……他卻沒有捎來聯繫。

真奇怪耶～～這對他的打擊有這麼大嗎～～？

到了星期日的晚上，我確認了一下Facebook跟Twitter的動態。「you」的帳號……並沒有什麼特別的變化。

原來如此，看來是我誤會了。

看樣子是因為我要去東京的這番宣言，對悠宇來說是超乎我意料的一大打擊吧？

真是個可愛的傢伙。原諒你！

我看看喔，順便確認一下榎榎的Twitter帳號好了。這孩子會很頻繁更新點心之類的照片，真是有夠可愛呢。

雖然她一直都不回追我，反正我能看到就好了，並不會放在心上！

（……咦？）

她上傳了一張照片。

是AEON那間三一冰淇淋的雙球甜筒。真不愧是蛋糕店的繼承人，會很密切地追蹤新出的甜點口味。

問題就在於那個雙雙擺在一起拍照的地方。拍到了榎榎的手，以及另一個人的手。

……這就是悠宇的手啊。

我不可能看錯。這個只會在假日打扮時戴上的粗獷男性手鍊，正是我買來送他的東西。而且上頭還寫著「跟學校的朋友一起來挑選鮮花！」。假日會跟榎榎一起去花店的人，就只有悠宇了嘛。

……………隔天是星期一。我直到早上都一直睡不著，因此第一次上課遲到了。實在超丟臉的。尤其是悠宇那種「這傢伙在幹嘛啊？」的冷淡視線更是刺痛到不行。

接著黃金週就這樣開始，然後結束了。

這段期間……我真的什麼事都沒做。

連假結束之後，在我沒有參與的狀況下，「戀愛」主題的新款飾品宣傳也順利上傳ＩＧ了。

榎榎拿出真本事所拍下的照片，也得到了許多「讚」。

底下有很多像「是新的模特兒嗎？」、「這個女生也好可愛！」之類的留言，但悠宇並沒有做出回覆……應該說，那本來就是我的工作。

這次也上傳了製作過程的幕後照片。

同時也介紹了榎榎他們家的蛋糕店裡，擴增了一塊內用區。也有榎榎跟一些常客在那邊吃得很開心的照片。

上頭也有拍到悠宇。他正專心地吃著蛋糕……之前就算我約他一起去吃，他都只會拒絕我而已。

而且還有一張真木島同學的特寫。原來如此，就是用這傢伙替代我的啊。真是氣死人了。說

穿了，要不是這個男人說出那種奇怪的話，我們也不會鬧到這種程度。這副格外挑釁的笑容，肯定是以我會看到為前提所展現出來的吧……就只檢舉這張照片好了。

就算回到學校上課之後，悠宇也完全沒有改變……時間就剩下不到一個月了，他卻真的都不跟我講話。

某天放學之後，只見他勤奮地到中庭的花圃摘花。

榎榎也去幫他，看起來好像很開心的樣子。看到他們關係非常熟稔，讓我不禁覺得難受不已。那兩個人現在想必在做漂亮的花卉飾品吧。

……那裡似乎真的已經沒有我的歸宿了。

（別擔心、別擔心。還有兩星期左右……）

畢竟我可是最可愛的女生。要是去了東京，還絕對會大紅大紫。會不會是因為我太高不可攀，而感到退縮了啊？

……喂，這樣真的好嗎？

是不是有點太聽話了？

我真的會去東京喔！

差不多該哭著來找我了吧？

……這時，我忽然回想起來了。

悠宇在神田川說過的那句話。

「而且，假設以後也要做同樣這種主題好了。妳覺得只是在惡作劇就做出『那種事情』……也讓我覺得有點麻煩。」

就是說啊。

醒醒吧，日葵。

妳已經被甩過一次了喔。

誰會特地挽留一個這麼難搞的女人啊……

到了五月中旬。

天氣都陰陰的，下雨的天數也越來越多。種在我們家庭院的繡球花也開得正漂亮。

國中的時候，我跟悠宇常會拿這個做成超可愛的首飾來玩呢～

順帶一提，它的花語是「變心」、「劈腿」、「無常」……呵呵，我都快哭了。

腳步越來越沉重。一打開玄關，就是我冷清的家。不知道媽媽今天在不在家呢？

「我回來了……」

走進廚房時，我發現哥哥難得先回來了。他一邊沉默地喝著咖啡，並看著晚報。

……見他還沒換下身上的西裝，應該是在思考工作上的事情吧。這個人可以從他現在身上所穿的衣服，看出當下正在想什麼呢。

這種時候，不要去打擾他比較好。哥哥雖然感覺很蠢，但他的工作似乎是忙翻天了。

洗了手也漱了口，我便往自己的杯子倒了一杯咖啡，還順便切了一塊放在桌上的年輪蛋糕。大概是在婦女會上收到的吧。媽媽也是辛苦地忙於跟鄰居交際啊～

……當我想著這些事情時，哥哥抬起一直埋頭看著晚報的臉來。

他似乎終於發現我了。對他投以一個微笑之後，他也一如往常地用溫柔的表情說：

「日葵，妳回來啦。」

「我回來了，哥哥。」

「媽媽還在田那邊。鍋子裡有咖哩，妳就拿去當晚餐吧。」

「好喔～」

難怪有股好聞的香氣。

嘿嘿嘿。療癒我心的辛香料。

要配麵包還是飯呢～今天感覺滿陰鬱的，要不要將麵包烤得酥酥脆脆地來配呢？這麼說來，我記得家裡有一整條吐司對吧？乾脆就豪邁地將中間麵包的部分挖開，做成像芝加哥披薩那樣的焗烤咖哩也不錯……

「這麼說來，日葵。最近都沒聽妳聊起悠宇的事情呢。」

「……！」

我的手不禁停了下來。

糟糕。這招偷襲讓我不禁心生動搖，而這個反應一定也會被哥哥敏銳地看穿。

我要冷靜點。這還不是致命傷。只要若無其事地，像是什麼事情都沒有發生一般，可愛地向他報告就沒問題了。

哥哥想必也只會跟我說「那真是不得了啊。對了，這一萬圓妳就拿去買冰吃吧，啊哈哈！」才對……我對有錢人的印象是不是太隨便了？

「呃——沒有啦～～就只是有點吵架而已～～但也不是什麼大問題啦……」

「哦。真難得看你們吵架呢。」

「啊哈哈。就是說啊～～雖然很少吵架，但也是有這種時候啦。」

「是啊。也是有這種時候。青春時代有些不順利是理所當然。」

太棒啦，哥哥也認同這個說法了。

我鬆了一口氣，並將一整條吐司放到砧板上。

只要把中間挖開，倒入咖哩，再撒上起司……

「對了，那你們因為算不上什麼大問題的吵架，而兩星期以上都沒有說話，又是怎麼回事

呢？」

「……！」

一個不小心就弄掉了要拿來切吐司的刀子。我在千鈞一髮之際避開，刀子便刺進了我雙腳之間的地板……呃，雖然這是麵包刀，但我們家是不是太老舊了啊？

回頭一看，只見哥哥露出滿臉笑容。

有種「妳這傢伙，竟以為這種程度的偽裝就能瞞過我這個帥哥的雪亮雙眼嗎？……呵，蠢貨」的感覺。

「啊，呃，咦……？」

「呵呵。這沒什麼困難的，日葵。能從妳身上感受到的悠宇成分在這兩星期急速下降。儘管最近都完全乾枯了，卻完全沒有進行補給。要不是悠宇發生了什麼事，就是妳在避著他吧。」

為什麼會知道啊！

悠宇成分是可以目視的東西嗎？

「太、太厲害了，哥哥。真不是白當我哥哥呢……」

「那當然。我可是為了未來的弟弟，不惜粉身碎骨都要將這個城鎮改造成一個能住得舒適的地方呢。」

我認真覺得「天啊有夠噁心」。哥哥就是因為這樣，才會外表帥氣個性又好相處，卻遲遲交

不到女朋友啊～

哥哥的身上依然散發著莫名的閃亮亮氣場，要我好好解釋一番。

「所以說，究竟發生了什麼事呢？」

「這個嘛——就算是哥哥，也不該干涉妹妹的個人隱私吧……」

「既然日葵不願坦率地找我商量，就代表這件事有著要是被我知道了會對妳自己不利的部分吧？與此同時……日葵，妳這樣說就等於是自認有錯在先了。」

太、太敏銳了……

真不愧是哥哥，相當了解我。

「快說。」

「……唔唔！」

那道笑容的壓迫感好驚人。

他這種地方，真的是遺傳自爺爺呢～

「嘿嘿……」我這樣陪著笑，並斷斷續續地說出來。

「我、我被悠宇甩了，為了洩憤，就騙他說我要去東京，並等他自己來向我道歉……之類的……」

「…………」

哥哥面無表情地緊盯著我。

喀喇、喀喇、喀喇……我能感受得到哥哥的思考就像這樣正高速運轉著。他光是聽我說了這麼一句話，就能正確引導出事態的全貌——接著猛瞪了一眼，化身鬼神般的惡貌。

「——妳這個大笨蛋啊啊啊啊啊啊啊啊啊啊啊啊啊啊啊啊啊啊啊啊啊啊啊！」

這聲怒吼幾乎撼動了我們家。

真的在搖！感覺就像在颳颱風一樣！好恐怖，真的太恐怖了……！

我因為恐懼而渾身動彈不得，這時哥哥就「咚！」地一腳抵上桌子。他用宛如怪獸的姿勢惡狠狠地瞪著我，接著咆哮道：

「妳把悠宇逼到不得不向妳道歉的狀況，是想強行讓事情朝著自己位處優勢的方向發展吧！妳的所作所為不是平常那種請託，而是『恐嚇』！身為犬塚家的人，妳給我知恥一點——！」

「對不起、對不起、對不起……！」

我正襟危坐地深深低頭道歉。

說得太正確了，我完全無從反駁。而且哥哥最討厭這種姑息的事情了……！

「要是因此影響到悠宇的心神該如何是好！可是會給這個世界帶來嚴重損失喔！」

最後像是火山爆發的感覺喘著粗氣之後，哥哥再次坐回座椅上。

他用手指敲了敲桌子對面的位子。這是暗示「坐下」、「欠人說教」、「然後去死」的意思。我乖乖地順著他的意，縮起身體窩在他對面的位子上坐下。

「日葵，妳是要背棄跟我之間的約定嗎？」

「嗚嗚……」

這道聲音比剛才平靜得多。

但正因為平靜，那簡直就像一把銳利的刀刃刺進了我的腹部……

「妳在國中校慶那時，『讓我向那個榎本低頭了』。不但被逼著下跪、舔她的高跟鞋，還在她面前熱唱了西野加奈的歌。那種程度的屈辱，我連在工作上都還沒體會過！」

「對哥哥來說那是一種獎勵吧……」

「我有說過那種事情僅限於二次元吧！我看妳根本就沒有在反省！」

對不起、對不起！

嘴巴不小心就自己動了起來嘛！

「我、我知道哥哥跟榎榎的姊姊之間關係相當惡劣……！」

「沒錯。因為妳說這是妳『一生一次的請求』，所以我才那麼做。請那個榎本在Twitter上宣傳，並盡可能地在朋友圈以及學妹之間廣為流傳。這些都是為了要把將近兩百個飾品全部賣

掉！」

哥哥焦躁地搓著雙臂。他大概是回想起那個時候的事情，並起了雞皮疙瘩吧……

「即使如此，我還是幫了這個忙，是因為我自己也為悠宇做的飾品著迷。那是非常不得了的東西。總有一天，那會讓這座城鎮舉世聞名！」

「啊，對吧～～哥哥果然很有眼光……」

他突然誇讚起悠宇的飾品，讓我也不禁揚起了笑。

立刻察覺的哥哥便惡狠狠地瞪了一眼……不行，我不能這樣。

「日葵，妳還記得為了讓那個悠宇的飾品全數賣完，我提出了什麼條件嗎？」

「……不、不能中途放棄協助悠宇成立專賣店的夢想。」

「對吧？那個時候的悠宇，確實站在人生的分歧點上。而妳『基於自己的任性，將他人生中除了成為飾品創作者以外的選項全部奪走了』喔。」

又是一番正論。

……沒錯。當時悠宇的飾品要是賣不出去，成立專賣店的夢想就會消失。但反過來說，只要悠宇達成他父母出的「賣掉一百個飾品」這個課題，也就等於「阻斷了在悠宇的人生當中，除此之外的其他退路」。

就算中途感到厭煩，時光也無法倒轉。屆時就會既沒辦法成為重視學歷的公務員，對那個有溝通障礙的悠宇來說，應該也很難在一般企業之中順利地出人頭地。

就算順利開店了，也有可能因為銷售不佳而倒閉。到時候剩下來的不只是夢想的殘骸，還會背負著不是輕輕鬆鬆就能還清的一大筆債務。我們家持有土地，因此我從小開始就目睹了好幾個這樣的例子。所謂夢想，維持下去遠比達成更加困難。

所以哥哥才會要我做出這個約定。

不靠犬塚家的一分一毛，只靠一己之力至死都要讓悠宇的店持續下去。那個時候我還悠悠哉哉地想說「呵呵呵～～這對可愛的我來說，只是小事一樁吧？」……沒想到這個計畫竟然會在這樣的情況下產生破綻。

哥哥的眼睛閃過一道精光。他從桌上探出身子，緊緊瞪著我的臉。

「日葵啊。我那時並非特別看重妳。是因為我知道，若是幫了妳一把，就結果來說也對悠宇是一件好事。但妳該不會產生了『膩了再丟掉就好』這種該死飼主般的想法了吧——？」

「不是不是不是……！才沒有這種事……！」

「那現在這個慘狀又是怎麼回事？妳現在不就只是因為發生了自己看不順眼的事情，便拋下協助悠宇的工作不管嗎？難道妳以為我都沒在看ＩＧ嗎？榎本的妹妹來擔任模特兒是沒差，但為什麼都沒有給顧客任何回覆？妳到底知不知道那既是妳的工作，要是放任不管，還會影響到悠宇製作飾品啊啊啊啊啊啊啊！」

「啊啊嗚嗚嗚……！」

他似乎打從一開始，就看透我們發生的異變了。

不如說，他是為了對答案，才會準備了像這樣跟我對話的時間。啊啊，我家哥哥太過喜歡悠宇，害我面臨重大危機……！

「還、還不都是悠宇的錯……！」

「他沒有錯！妳自己的戀愛情感跟對待花卉飾品的責任是兩碼子事！有時間在這邊鬧脾氣，還不如趕緊去跟他道歉！」

我緊咬著嘴唇，使力地抓皺了裙子。

哥哥什麼都不懂。他完全不明白我的心情。總是用煞有其事的理論武裝把我哄騙過去而已。有些事情，明明就沒辦法通用於那種理論。

「那我的心情該怎麼辦嘛……！」

我不禁喊了出來。

一邊不像樣地哭喊著……我有生以來第一次反抗了哥哥。

「我就是喜歡上悠宇了啊！事到如今怎麼可能再重回摯友的身分啊！難道哥哥要我放棄嗎？要我一直在旁邊看他跟榎榎放閃嗎！」

哥哥只是直直地盯著我看。那對冷靜的眼神平常總是讓我覺得相當可靠，然而現在卻令我非常害怕。

接著，他只是冷淡地說了一句話。

「沒錯，妳放棄那份戀慕之心吧。」

「……！」

我差點就要站起身來。

但在那個瞬間——他銳利的眼神瞪了過來。我的身體立刻就被奪去了自由一般，又坐回椅子上……可謂是被蛇盯上的青蛙。自從去市公所上班之後，哥哥的技能很明顯地超越了人類的程度。

「別這麼情緒化。聽我把話說完。」

「是、是的，哥哥……！」

就好好聽他說吧……就算逃走了，我也只會被用粗繩緊緊綁住聽他說完而已。

「日葵，妳最重視的是自己的戀慕之心嗎？還是……要得到悠宇這件事呢？」

「…………？？？？」

咦？什麼意思？

這兩件事情有什麼不一樣嗎？意思一樣吧……

「日葵啊，人生是有限的。就算坐擁再多財富，就算多麼會拜託他人，還是不可能得到當下

自己想要的所有東西。」

很突然地，他開始說起自己的事情。

在我感到混亂的時候，哥哥繼續說了下去。

「我開通了高速公路。但相對的，我奪去了許多人重視的事物。我摧毀了某個家族充滿回憶的家。也有些土地因為開通了高架道路，而變得曬不到太陽。我收到了許多責難。直到現在，比起感謝，那樣的聲浪還是壓倒性多。」

我驚訝地聽著他講。

……因為這是哥哥第一次對我說起他工作方面的事情。之前就算我問了，他也總是只回我一句「這對日葵來說還太早了」。

「但為了一百年後的這個城鎮，這絕對是必要的建設。我在做的，是在我死後可以給這個城鎮帶來利處的事情。」

他平靜地補上最後一句話。

「妳也要走上這樣的人生。捨棄掉九十九個東西，並在最後贏得最重要的那一個。如此一來，就是妳的勝利了。」

「…………」

就這樣，哥哥再次看起晚報，並不再說話了。剛才那樣猶如惡鬼般的相貌也像是騙人的一樣，他現在的表情就如同沒有一絲漣漪的水面般平靜。

……說真的。

我不是很懂哥哥說的這番話。

但我覺得，這肯定是正確的。比起我這種人，他應該經歷了更多事情才是。因為，哥哥也跟我一樣，度過了一段青春時代。

哥哥只會說出能給我帶來幫助的話。

所以，雖然現在我還不太能明白……但還是等到總有一天我想通了這番話的涵義，即使如此還是無法認同的那個時候，再放棄這一切。

◇◇◇

到了隔天放學後。

我在教室裡一直緊盯著智慧型手機。

打開的是LINE的ＡＰＰ。點進跟悠宇的聊天畫面，就不斷反覆著寫下訊息就刪除，再寫下訊息之後又刪除的動作。

要叫悠宇出來……是也可以，但該怎麼做呢？結束上次的對話之後，已經過了三個星期。

從對話視窗看起來，就像昨天的事情一樣，但這幾公分的距離之間，彷彿隔了一道馬里亞納海溝……

算、算了，就用平常那樣輕鬆的語氣好了。

『嘿～～悠宇，過得如何啊～～？（這可是字面悠宇標音「you」的念法喔♡你有發現咩？？？）最近都沒跟我聊天耶～～人家好、寂、寞、喔（哭哭～～）』

呃，這是誰啊。

感覺就像定期會出現在電視上，然後很快就越來越少看到的High咖一招搞笑藝人嘛。

「咩？？？」什麼啊……我是太想跟悠宇講話，腦袋當機了吧～～

這種訊息還是趕快刪掉。

要是傳出這種內容，絕對會被已讀不回。換作是我就會這樣做了。

還是要用更認真一點的語氣才行。畢竟現在是要去跟他說重要的事情。

『悠宇，我有話想跟你說。是很重要的事。』

訊息一鍵送出。

好了，就看他什麼時候回……哇啊，三秒就已讀。也太快了吧。

是怎樣啊，未免太喜歡我了吧～～？該不會是平常都在確認我有沒有傳LINE給他，就下意識立刻點開了嗎？呵呵呵～～真是個丟人的傢伙～～

……總覺得好像有個迴旋鏢飛過來，不過算了啦！

來看看悠宇回什麼……

『我也有事要跟妳說。我在科學教室。』

…………猜不透～

悠宇也太一如往常了吧？再動搖一點好嗎？這可是在回覆最強最可愛的我所傳的訊息耶。

不過，算了……走吧。

距離科學教室只要走個五分鐘就會到了。這段路程幾乎是天天在走，就算閉上眼睛，我也有自信可以抵達。

抬頭看向那間科學教室的門，我做了一次深呼吸。

天啊，我開始緊張了。

總覺得肚子也突然有點痛。我看還是算了吧。即使不用今天講也沒關係。說到頭來，悠宇也要跟我說的事情究竟會是什麼呢？

……啊，難不成是「我要跟榎本同學交往了」？

超有可能。應該說，除此之外我也不做他想了。因為，都隔了三個星期嘛。這段時間，他們也見面好幾次了吧？……還一起去吃了三一冰淇淋吧？

糟糕，我可能難以承受這件事。具體來說，悠宇可能會用一臉清爽的表情說「日葵真是愛情

的邱比特呢。超感謝妳der，本大爺的BEST☆FRIEND（牙齒白閃閃）」……不對，所以說這是誰啊？這種悠宇我才要退貨呢！

總之，現在就先戰略性撤退再重新擬定作戰計畫好了……

「日葵，妳在做什麼？」

「唔哇啊！」

竟然從後面現身！

我一回過頭，只見一如往常的悠宇就站在那裡。就跟剛才第六堂課時見到的他一樣。

……榎榎不在他身邊。看來只有他一個人。

「日葵，不要呆站在這裡了，快點進去啊。」

「唔，嗯……」

於是，我就進到科學教室裡。

跟平常一模一樣。啊，不，感覺有點不同。

桌上擺放著很多個紙箱。裡頭收著用種在花圃的鮮花漂亮加工而成的飾品。看起來就像是要直接出貨給客人那樣。

還有敞開的鐵櫃。裡頭都是空的。ＬＥＤ栽培機跟加工飾品時會用到的道具全都整齊地收在紙箱裡面。

……看起來簡直就像要準備搬家一樣。

「所以說，妳要跟我講什麼？」

「……！」

突然間就切入正題，讓我的身體不禁縮了起來。

悠宇整理著紙箱，並沒有看向我這邊。那種態度總覺得讓我很煩悶。

……這樣啊。在我要說重要的事情時，根本不需要跟我對上眼是吧。

感覺那種火大的心情又回來了。這讓我很想摧毀那該死的冷靜態度，於是笑了出來……又撒了謊。

「呵呵呵～～也不是多重要的事啦～～就是那個藝能經紀公司啊，我們之間的商談有了些進展，想說跟你報告一下。對方來我們家打招呼的時候，開了超棒的條件呢～～不但會安排我入住高級公寓，進出也都會有人接送。更重要的是，負責的那個經紀人超帥氣的。都會的男人，氛圍果真就是不一樣呢～～」

啊啊～～～～真是夠了～～～～～～～！

為什麼啊！我明明早就拒絕那封信件了！我真的只是個有病的傢伙耶！

……不，不過，這也不完全是謊言啦。對方提出的條件就真的是這樣。

悠宇聽完的回應……就只有一句話而已。

「……是喔。那很好啊。」

刺痛。

根本沒有要看向我的意思。只是一個人默默地整理著紙箱。

……真的就只有這句話而已嗎？難道就沒有其他話好說的嗎？

啊啊，真像個笨蛋一樣。說得也是。畢竟，他都直接嫌我「麻煩」了嘛。我還在誤會什麼啊。

……我們早就來到無法回頭的地步了呢。

「悠、悠宇你是要對我說什麼呢？」

我懷著自暴自棄的心情這麼問。

結果，悠宇這才終於抬起頭來，轉而看向我。

「沒有啦，只是想給妳一個東西……」

「……給我？」

「嗯，應該說在妳去東京之前，無論如何都該給妳的……」

這麼說著，悠宇從制服口袋裡拿出一個茶色的信封。是我們學校合作社在賣的那種。他感覺冷淡地將那個朝我遞了過來。

……接過來的感覺，應該是一封信吧？

會是什麼呢？還有點厚度。該不會是離婚協議書吧？

……唉，是這樣啊。悠宇個性就是很老實，原來是這麼一回事啊。是要把至今的營收跟我對分的意思嗎？

總覺得很打擊。原來他是這樣看待我的啊。我才不需要什麼錢呢。一邊想著這種事，我確認了一下內容物。

「退學申請書」。

氣氛宛如凍結了一般。

當我完全無法思考時，悠宇「啊！」地喃喃自語了一聲，就搶回去收進口袋裡。

「糟了。不是這個……」

「等等等等等！剛才那是什麼！喂，悠宇！剛才那個嚇人的文書是什麼！」

「不是啦，我也不知道退學要經過哪些程序，但總之先寫好放著。信封是我剛才在合作社買的，是不是要用正式一點的才比較好啊……」

「我在說的不是信封的品質好嗎——！」

悠宇看著我的臉，輕聲笑了出來。

「真難得是妳在吐嘈耶。」

「還不都是悠宇在說這種蠢話！」

或許是發現我真的在生氣，只見悠宇尷尬地撇開了視線。

「我也不想再念下去了。」

「…………」

這也太……沒錯。面對這個太過出乎意料的發展，我不禁呆愣在原地。

為什麼？

為什麼悠宇要退學？

我只是說要去東京而已，為什麼連悠宇也要退學呢……

「我也要去東京。跟日葵妳一起去。」

「跟、跟我……？」

也就是說……咦？

這是怎麼一回事？我完全搞不懂。

啊，是看在前搭檔的情分上，要來實地看看招攬我進去的藝能經紀公司嗎？還是說，想跟我一起來一趟東京觀光？不不不，那樣就要退學也太莫名其妙了吧。只要利用暑假之類的時間來找我玩就好了啊。

……不，其實我知道。為什麼沒有在販售新款飾品，只顧著準備搬家之類，或是為何突然採收花圃的花進行加工等等。

但這是騙人的吧？不可能有這種事……

「悠宇，你『那個』是……認真的嗎……？」

悠宇明確地點了點頭。

「真木島要我自己決定什麼才是最重要的……我覺得，還是日葵吧。」

這句話深沉地落入了我的心底。

當我語塞的時候，悠宇也毫不介意地繼續說了下去。

「說到頭來，我會繼續念高中雖然一部分是為了回應父母的期望，但更重要的理由是可以跟日葵妳在一起。但他們應該不會原諒我退學吧，爸媽他們可能會跟我斷絕關係，所以我也得想辦法獨自生活才行。」

「榎、榎榎又該怎麼辦？你們好不容易重逢了……」

結果，悠宇露出不高興的表情。

他總是頂著一張臭臉，照理來說應該很難看得出來，但這個表情就是格外孩子氣。為了正確地傳達出他的想法，他一字一句清楚地說：

「日葵，我就說妳似乎誤會了什麼。她確實是我的初戀，而且也真的很可愛。但即使如

此……對我來說，現在沒有比摯友更重要的事情了。」

在最後補上這句話，悠宇也紅了臉頰。

他用手掌遮掩著嘴邊，但完全表露無遺。

……他這句話是認真的。

在得知這一點的瞬間，我的臉頓時也跟著發熱了起來。

「你為了跟我一起走，而打算捨棄這一切嗎……？」

「嗯，這也沒轍吧。何況還是自己撒下的種子……啊，所以才有花嘛。」

「一點也不有趣。完全笑不出來。你別再講這種雙關了。」

「……抱歉。」

悠宇打從心底顯得有些消沉。

……我真的很討厭他這種不識相的地方。

「要找工作什麼的，你說起來好像很簡單……但可能會沒時間做花卉飾品喔。」

「但是，如果要執著於這點，日葵妳就會離我而去了。就算做出再完美的花卉飾品……只要妳不在身邊，也只顯得無趣而已。」

這麼說完，他直直盯著我看。

「日葵妳呢？要是不能做花卉飾品了，我對妳來說就沒意義了嗎？」

「……！」

我覺得他好狡猾。

聽他這樣講，我就沒辦法阻止悠宇了。

除了花卉飾品之外，跟悠宇在一起還有其他意義嗎？

……當然有啊。有很多意義。

我喜歡跟悠宇在放學後互相借對方漫畫並一起看的時間。

我喜歡跟悠宇用一支智慧型手機一起看YouTube的時間。

我喜歡跟悠宇在放學回家路上繞去摩斯，並互相搶奪洋蔥圈的時間。

我喜歡跟悠宇一起搭上電車，到隔壁城鎮的大型AEON MALL玩的時間。

我喜歡跟悠宇一起在假日騎著腳踏車，去尋找適合拍攝ＩＧ宣傳照的店家的時間。

在那途中進到小巷子去，徘徊了一小時左右之後，彼此笑著說「糟糕，這裡是哪裡啊！」的那個瞬間——是我最喜歡的一刻。

跟他在一起的意義，我打從一開始就心知肚明了。

「才、才沒這回事……」

光是回上這句話，我就已經盡了全力。

……是說，這真的沒辦法。要是看見悠宇的臉，那真的是感覺一個不小心就會告白。但那樣

感覺又會重蹈覆轍……戀愛這件事真的對身體很不好。

「……悠宇，那個退學申請書給我一下。」

我這麼一說，讓悠宇露出費解的表情。

但他還是乖乖地將那個茶色的信封交給我。

於是我直接將那個東西——撕個粉碎。

「啊啊——！妳幹嘛啦！」

「我才要問你在幹嘛好嗎——！嘴上說著好像很帥氣的話，但你只是把責任推到我身上而已吧～～！」

「說到頭來，還不是因為妳說什麼命運共同體（摯友）……」

「是沒錯！是沒錯啦，但那終究只是經營模式啊！我怎麼可能因為這樣就眼睜睜看著悠宇你去自殺啊！」

「呃，把這件事說成自殺也太過火了吧。」

「那保證人之類的呢？當你要租房子的時候，是想怎麼辦？」

「咦……真的要喔？」

「當然要啊！現在這個時代還孑然一身北漂東京什麼的，真的是一種自殺行為喔！」

「可是跟妳一起去看的《天氣之子》裡面，不就總是有辦法嘛。」

「那一點也不順利好嗎！好看是好看，但不能拿來當作參考啊！」

真是的，悠宇就是有這樣的一面。

他真的……沒有我在身邊不行呢。

我將紙屑揉成一團之後，就收進了書包的內袋裡。

這時順便拿出了一瓶放在書包裡的Yoghurppe。我插進吸管，一如往常地喝了起來，讓自己冷靜了一下。

接著呼出了一道長長的嘆息。

……是說，我以為會變成更浪漫的那種感覺耶～算了，反正是悠宇嘛。這也沒辦法。

「沒關係啦。反正我也不會去了。」

「……咦！」

悠宇做出了反應。

他抓住我的雙肩，臉也一口氣湊近了過來。這讓我嚇了一大跳，害得Yoghurppe都逆流到鼻子去了！

「真、真的嗎？不是說已經打過招呼了！」

「咳咳、咳咳！呃，剛才那是騙你的……也不能這麼說——啊，對啦。哥、哥哥就很反對啊。我想說應該也沒辦法徹底說服他……」

「妳不是說想成為粉絲心中不可或缺的人嗎！」

「我從來沒有說過這種話～～！悠宇，你真的很不懂我耶！是說，你的臉離我遠一點啦！」

我用雙手使勁推開，拉開我跟悠宇的臉之間的距離。

拜託住手，別這樣好嗎？現在要是讓那張臉湊得那麼近，我真的會無法維持理智。說穿了，我會很想吻下去。我絕對不要跟悠宇第一次的接吻是從鼻子噴出Yoghurppe！

讓悠宇退到桌子邊之後，我嘆了一口氣。

「我跟悠宇就一如往常地相處……要讓榎榎擔任模特兒也可以，但能以我為優先的話，就是……我會很開心。」

「嗯，我知道了……」

總覺得這個氣氛好令人害臊啊……趕快轉換一下吧，轉換氣氛是一件很重要的事。

Yoghurppe的飲料紙盒發出飲料被吸乾的聲音。

「所以說呢？」

「怎、怎樣？」

「你是要給我什麼東西？」

他剛才有說吧？

既然不是退學申請書，應該還有一個東西才對。我可不會因為氣氛就忘記喔。

ヨーグルッピ
200ml

「如果日葵沒有要去東京，那就算了……」

「快點。Hurry up。」

「……一定要給妳嗎？」

「廢話。來，交出來。」

我伸出手來，並催促著他。

悠宇像是死心了一樣，伸手探入口袋。

「日葵，總覺得順序好像相反了耶……」

接著，他將一個茶色信封放到我的掌心上。

「跟剛才的退學申請書一樣……真是的，所以你才會搞錯啊！」

「呃，但我真的沒有時間準備嘛。剛才去買裝退學申請書的信封時，想說總之先用這個裝起來就好了……那真的超難做的，昨天才終於做成我想要的樣子。」

裡面裝著的不是文件。

我倒過來將信封口朝著掌心晃了晃，便有一枚戒指滾落下來。

「這、這是什麼……？」

我不禁看到入迷。

那是個透明的樹脂戒指。平常只有裝飾的部分會用樹脂固定，這則是整個戒指都是用透明的樹脂所做成。

而且在那樹脂之中，漂浮著極小的鵝掌草永生花。看起來感覺就像是妖精的遊樂場。

我一邊看著那枚戒指，傻眼地喃喃道：

「這真的是鵝掌草……？看起來確實是花，但未免太小了吧？」

鵝掌草確實是一種小花，但再怎麼說也沒辦法整朵放入戒指裡面。然而裡頭卻漂浮著好幾朵。

悠宇揚起了傻笑。

「這是用鵝掌草的永生花做成的，鵝掌草的袖珍版……」

「什麼！」

我再次看個仔細。

……這些……全都是袖珍鵝掌草？

「我在顯微鏡底下做的，不但失敗了很多次，做起來也累得要命。我應該再也做不出一樣的東西了……」

悠宇從口袋裡拿出那個壞掉的鵝掌草頸飾。

他懷著歉意……但還是很寶貝地緊握著那個東西。

「何況是我弄壞了這個頸飾。所以該說是補償嗎，也算是我對於新生活所展現的意志……世

界上唯獨日葵有的，『摯友』的戒指。」

他這麼說著，就感覺很害臊地轉過頭去。

這使得我的反應也跟著緊張起來。兩人之間籠罩著這股尷尬的感覺，但悠宇還是明確地開口說：

「對我來說，日葵還是摯友。但也因此，以後可能還是會像這次這樣一個不小心就惹妳生氣。但是，我不會認為其他人才更重要。唯獨這點，絕對是真的。」

「…………」

這樣的說法多麼笨拙又坦率，也果真是悠宇會說的話……但聽起來格外令人覺得既害臊又肉麻。

「……日葵，這樣還不行嗎？」

「…………」

我忍不住「噗哈！」地笑了出來。

「啊哈哈哈哈！悠宇，你太棒了！都給我看了這種東西，怎麼可能不行嘛！」

至今讓我生氣的事情之類，或是悠宇讓我覺得煩躁的事情等等……真的全都無所謂了。這枚戒指不得了。真的很不得了。是只有變態才做得出來的東西。

「悠宇，你向後轉一下。」

「咦，為什麼？」

「快點啦。」

「……喔。」

悠宇疑惑地轉過身去。

我一鼓作氣就抱上了他的背。

「喝啊！」

「哇啊！很危險耶！」

我伸出雙手抱住他的脖子，並在他面前拿起「摯友」的戒指。接著在他耳邊，一如往常地用可愛的聲音「拜託」他。

「幫我戴上♡」

「不，妳還是自己戴吧。」

「不要～～悠宇幫我戴。」

「…………」

悠宇有些遲疑地牽起了我的手。

接著……將戒指套進了我的左手中指。嘖。

我在悠宇的耳邊悄聲說道：

「膽小鬼。」

「我就說了這是『摯友』的戒指嘛。」

「噗哈……這麼說來，這個茶色小小的東西是什麼？」

戒指裡就只有一顆像是花的種子的東西漂浮其中。那也成了一個亮點，讓人印象深刻。

「……那、那是鵝掌草的種子。」

雖然他隔了一拍才這麼回答，不過算了。哦～～這麼說來，我還沒有連種子都看過呢。原來是茶色的新月形狀啊……很不錯嘛。

那枚樹脂戒指的表面光滑到難以言喻……感覺就像吸附著肌膚一般，非常貼合。

我朝著日光燈伸出手，光線透過了樹脂……營造出彷彿不屬於人世之物一般，充滿奇幻的氛圍。

簡直就像是我跟悠宇之間的關係。

沒有實體的口頭約定，確實連接成一架牽繫起我們的橋梁。

「悠宇，你就跟我在一起嘛。」

我不禁脫口說出這句話。

那跟平常說的玩笑話不一樣，在我心中產生了一股難以消滅的熱度。

「……啊？」

悠宇像是感到困惑，愣愣地傻在一旁。

那副模樣實在逗趣，但也真令人不爽……不過，這次就這樣放過他吧。

（還太早了……）

我這把戀慕的火焰要燒到悠宇身上還太早了。

漫漫人生。比起掌握夢想，要維持還更加困難。我們未來還要一再像這樣度過危機才行。而且就要像這枚「摯友」的戒指一樣，堆積起不受動搖的羈絆才行。

然後，我只要在最後一次——贏得勝利就好了。

我笑咪咪地對悠宇揚起一道微笑。我明確地重說了一次。

「要是到了三十歲我們都還是單身，你就跟我在一起吧？」

「……這個嘛，等到時候還是單身再說啦。」

我從口袋裡拿出智慧型手機，並將鏡頭對準我們。伴隨著一道「嗶嗶！」的細微電子音響起

——我們又增加了一個約定。

♣ ♣ ♣

看到兩人一起拍下的照片那瞬間，日葵說著「我去廁所洗一下鼻子！」，就跑出了科學教

室。

……鼻子？雖然不知道為什麼要洗鼻子，不過日葵的心情似乎恢復了。不，應該說甚至比以前還要更好。

但就先別管這件事了，我不禁抱著頭發出呻吟。

「啊啊～～太好了～～～～……」

儘管不太明白究竟是為什麼，不過日葵可以打消轉學的念頭真是太好了。

日葵對我來說，確實是最重要的人。而我也真的下定決心要退學，更真的打算跟她一起去。

不過，我也真的因為這實在太過有勇無謀而感到畏縮……

畢竟我還只是個高中生而已。聽她說租個房子都需要有保證人的時候，我真的覺得眼前一片空白……我看至少還是盡早考到駕照也好。

這時，科學教室的門開啟了。

還以為是日葵回來了……結果來的是真木島。

他臉上掛著非常嚇人的笑容。原來，人是可以擠出如此殘酷的笑容啊。

「啊哈哈哈哈哈！小夏，你真是給我看了一場好戲啊！」

「…………」

他果然都看到了啊。

不過，反正飾品昨天就完成了，他應該也聽榎本同學說了吧。

「我說啊，等日葵回來之後氣氛會很尷尬，你能不能快點離開啊？」

「尷尬的是我吧。等一下為了安慰小凜，我還要陪她去吃蛋糕派對。真是的，我明明就這麼討厭吃甜點！」

榎本同學也都看到了啊。

……明天開始，我要用怎樣的表情跟她打招呼才好啊。

「但是，小夏啊。直到最後的最後，你還是龜縮了吧？」

「我、我才沒有龜縮。我全都告訴她了。」

「啊哈哈。那為什麼你要騙她那是鵝掌草的種子呢？」

……唔！

呃，嗯，當我去訂那個花的時候，就巧遇了去品嚐新款甜點的這兩個傢伙。

基本上，大家放假都會去AEON……這就是鄉下的壞處啊。

真木島揚著竊笑一邊說：

「那是鬱金香的種子吧？而且還是從『紫色鬱金香』當中採出來的種子。」

「……對啦。鵝掌草的種子是更小的菱形，還帶了點綠色的那種。」

大家通常都不太熟悉鬱金香的種子。

平常都是以球根的狀態販售，大家在小學種鬱金香的時候，通常也都是在那種狀態下拿去種。不過在形成球根之前其實是可以採出種子，當然也實際存在。

原因在於從種子開始種起的話，就太過費時了。不但需要五年才會開花，很多時候甚至還會開不了花。

所以說，在一般花店跟生活量販店當中並不會販售。我為了從花朵之中採出那個，那一天才會去AEON。

「所以呢？你為什麼龜縮了？」

「…………」

紫色的鬱金香。

花語是──「不滅的愛」。

誓言絕對不會褪色，也絕對不會滅絕之愛的花。

在一片奇幻且不會動搖的友情之中，些微地混入了一絲戀慕。那對我來說，就正是「日葵」本身。

其實應該要連這點也跟她明說的才是……

「因為，要是在那個時機點被甩，我應該會很想死吧……！」

「…………」

真木島在爆笑出聲之後就離開了。

……總有一天。

直到我們一起開了店，到時候我會明確地親口告訴她。

但是，現在我的心理準備還遠遠不足。

我的摯友實在太可愛了，最近真的讓我很傷腦筋耶……！

◇◇◇

我在廁所洗著手，一邊思考著。

自己倒映在鏡子當中的那張臉，看起來真的很糟……感覺短時間內沒辦法回去悠宇那邊了。

但是，心情越是冷靜，我就越是覺得悠宇那番話的本質不過是一場詭辯而已。儘管說得很漂亮，但只是繞了一圈在哄我。說到頭來，終究還是維持現狀。

不過，我會覺得即使是這樣也沒關係，也是因為先喜歡上的人就輸了。

至少在那個瞬間——那雙傾注了滿滿熱情去燃燒，就像玻璃珠一般的眼睛，在這世上只屬於我的而已。

就像曇花一樣。

只綻放一晚的美麗花朵。也是榎榎的花。

那種花的花苞會在開花的前一刻朝向上方，散發著芳香並一邊綻放。

不同於豔麗的外貌，那道香氣十分強烈。因為太過獨特了，好像也有很多人並不喜歡。

但是，要是對那股香氣成癮就完了。人就會為了追求那一個晚上，而且還只綻放幾個小時的邂逅，投注心血去照顧曇花。

那股芳香，跟初戀很像。

這時，我才總算理解。

……沒關係。

既然悠宇這麼說，要當「摯友」也沒關係。

我會將這份戀慕之心，藏匿在鵝掌草的戒指之中。

相對的，你要給我在「戀愛」之中也體驗不到的那份幸福。

我會用我的方式取勝。

用名為友情的枷鎖，一輩子都不會離開你。

後記

要是悠宇跟日葵最一開始的情感按鈕沒有按錯的話，這個故事想必十頁就會結束，儘管一邊想著那樣說不定就能更輕鬆地收下版稅，七菜我還是覺得正因為他們這麼麻煩，才會讓讀者更有感觸才是。

……我只是想說說看這種帥氣的話而已。這是騙人的喔。騙人的。我開玩笑的。要是說出寫十頁就想拿版稅這種話，責編應該會覺得「這傢伙是白痴吧」就拋棄我了。七菜最喜歡寫很多很多東西了。不過這次還是寫得有點太多，讓責編相當焦躁不安就是了。各方面都非常感謝您。

就是這樣，我是七菜。這是我第一次在電擊文庫出書。

我也有在電擊的新文藝系列撰寫作品，那邊的故事也請各位多多指教了。

若要談談本作的話……副標題就道盡一切了呢。

要是各位讀者身邊有著會開玩笑地互相說著「要是到了三十歲我們都還單身就一起住吧？」這種話的異性朋友……而且其實還正單戀著對方的話……請試著默默拿這本書給對方看。心意一定會傳達出去的。不過會不會得到ＯＫ就端看你們的好感度，我無法保證就是了。就算破壞了彼此之間的關係，也請不要來客訴喔。

本作預計會在春天的時候出版第二集。敬請期待。（註：此指日本發售時間）

至於內容方面，責編指定要寫「卿卿我我到閃瞎人的內容」，我就說「那就寫雲雀哥哥跟真木島（他人）爭奪悠宇的哥哥戰爭吧！」，但一秒就被駁回了。因此不會出現哥哥戰爭。嘖！

最後是謝辭。

負責插畫的Parum老師、責編K大人，還有參與製作的各位。

在大家運用七菜所不具備的技術幫忙之下，這部作品才得以用最棒的形式上市，真的非常感謝各位。希望大家都能覺得參與這部作品的時間，多多少少是有其一番意義的。

接著是各位讀者。期盼能再有與各位見面的那一天。

２０２０年12月　七菜なな

後記

這次負責了
這部作品的插畫！
今後兩人之間的關係
究竟會怎麼發展呢？
實在很在意……

Parum

下集預告

——就算抱持著**戀愛情感**，
還能說是**摯友**嗎？
一旦**墜入了愛河**，
就再也**回不去**
朋友關係了嗎——？

「……悠宇，你期中考全都交出白卷嗎？」

在製作要給日葵的「摯友」戒指背後，悠宇考出了前所未見的總分零分的成績！

「哎呀～～真拿你沒輒啊～～既然是因為我的關係，我可要好好幫你準備補考才行呢～～因此要在悠宇你房間住一晚也是逼不得已的嘛！」

「小、小葵會去的話，我也要去……！」

另一方面，得知日葵並沒有履行「去向悠宇道歉」這項約定，雲雀哥哥再次勃然大怒！

面對哥哥交代的嚴苛任務，日葵陷入窮途末路的莫大危機……！

已經產生自覺的戀慕之心再也無法歸零重啟。
更加令人心焦的兩名摯友，其夢想與青春會如何發展──
男女之間存在純友情嗎？
不，不存在！
Flag 2.
敬請期待！

P.S.致對謊言微笑的妳 1~3（完）

Kadokawa Fantastic Novels

作者：田辺屋敷　插畫：美和野らぐ

遙香突然出現在正樹的學校，
不僅失去記憶，連本性也消失了？

遙香為什麼會出現在我的學校？又為什麼失去了與我之間的記憶？更重要的是，為何「遙香的本性消失了」──？為了尋找解決的方法，我試著接近變得莫名溫柔的遙香，在暖意與突兀感中度過每一天。但是在聖誕節當天，遙香說出了令人難以置信的話──

各 **NT$200~220/HK$65~75**

【好消息】我的不起眼未婚妻在家有夠可愛。 1 待續

Kadokawa Fantastic Novels

作者：氷高悠　插畫：たん旦

樸素的同班同學成了我的未婚妻？
她在家裡真正的面貌只有我知道。

　　佐方遊一就讀高二，只對二次元有興趣。某天，不起眼的同班同學綿苗結花成了他的未婚妻？兩人開始一起生活，沒想到他們有一樣的興趣，一拍即合。「一起洗澡吧？」「我可是有心理準備要一起睡喔。」而且結花漸漸大膽到在學校無法想像的地步？

NTNT200/HK$67

一房兩廳三人行 1～2 待續

Kadokawa Fantastic Novels

作者：福山陽士　插畫：シソ

駒村漸漸察覺奏音與陽葵的心意，
同時童年玩伴友梨意外地告白——

上班族駒村習慣了與奏音、陽葵的同居生活，也開始察覺兩人對自己懷著特別的情感，但是他不能接受，因為他是成年人。就在他思考著今後的生活時——「我一直喜歡著你……遠在『那兩人』之前。」童年玩伴友梨意外的告白動搖了三人間的關係。

各 NT$220/HK$73

一點都不想相親的我設下高門檻條件，結果同班同學成了婚約對象!? 1 待續

Kadokawa Fantastic Novels

作者：櫻木櫻　插畫：clear

從假婚約開始的純真戀愛喜劇，就此揭開序幕。

高瀨川由弦對逼他相親的祖父提出「若是金髮碧眼白皮膚的美少女就考慮看看」的高門檻要求，結果現身眼前的是同班同學雪城愛理沙？兩人基於各種考量訂下假「婚約」，並為了圓謊而共度許多甜蜜時光。此時家人卻說「想看你們親暱的照片」……！

NT$250/HK$83

你喜歡的不是女兒而是我!? 1~2 待續

Kadokawa Fantastic Novels

作者：望公太　插畫：ぎうにう

遭到猛烈追求讓人暈頭轉向！
長年愛意爆發的超純愛愛情喜劇第二彈！

鄰家大男孩阿巧喜歡的不是女兒而是我，還向我熱烈告白……咦？就算你突然這麼說，我也還沒做好心理準備——然而為了攻下我，阿巧一再猛烈進攻，甚至主動邀約初次約會……卻因接連不斷的風波而極度混亂。不行啦，阿巧，那間旅館是大人的——

各 **NT$220/HK$73**

冰川老師想交個宅宅男友 1~3（完）

Kadokawa Fantastic Novels

作者：篠宮夕　插畫：西沢5ミリ

超可愛的女教師×宅宅男高中生
祕戀情侶檔攜手邁向未來！

為了與教師女友比肩，宅男高中生霧島決定挑戰新領域，陰錯陽差之下當上了即將展開的文化祭的執行委員長。他每天都努力到很晚，這也使他成了備受眾人信賴的存在。就在文化祭大獲成功的同時，他與女友的進展也——祕密師生戀的結局將會是……!?

各 **NT$220~250/HK$73~83**

口是心非的冰室同學 從好感度100%開始的毒舌女子追求法 1～4 待續

Kadokawa Fantastic Novels

作者：広ノ祥人　插畫：うなさか

兩情相悅的對象VS命中注定的對象──
能夠和愛斗拉近距離的人是誰？

對於成功迴避「戀來祭」這個隱藏魔咒的愛斗，涼葉為了讓兩人邁向下一個階段，竭盡全身小小的勇氣，提出約定情侶關係的「戀約者」測驗。而且她心想「我也得為田島同學做些什麼才行」，決定為了愛斗展開傲嬌大作戰！

各 **NT$220/HK$68~73**

小惡魔學妹纏上了被女友劈腿的我 1 待續

Kadokawa Fantastic Novels

作者：御宮ゆう　插畫：えーる

第四屆KAKUYOMU網路小說大賽
戀愛喜劇類「特別賞」得獎作品！

聖誕節前夕被女友劈腿的我——羽瀨川悠太，遇見了穿著聖誕老人裝的美少女——志乃原真由。身為學妹的那傢伙，總是捉弄著正處情傷的我，卻又看不下去我自甘墮落的生活而做美味的料理給我吃——相近的距離教人心焦，有點成熟的青春戀愛喜劇登場！

NT$220/HK$73

國家圖書館出版品預行編目資料

男女之間存在純友情嗎?(不,不存在!). Flag 1, 不然到三十歲還單身就跟我在一起吧?/七菜なな作 ; 黛西譯. -- 初版. -- 臺北市 : 臺灣角川股份有限公司, 2022.02

面 ; 公分. -- (Kadokawa fantastic novels)

譯自 : 男女の友情は成立する?(いや、しないっ!!) Flag1., じゃあ、30になっても独身だったらアタシにしときなよ?

ISBN 978-626-321-216-9(平裝)

861.57 110021314

Kadokawa
Fantastic
Novels

男女之間存在純友情嗎？（不，不存在！）

Flag 1. 不然到三十歲還單身就跟我在一起吧？

（原著名：男女の友情は成立する？（いや、しないっ!!）Flag 1. じゃあ、30になっても独身だったらアタシにしときなよ？）

2022年2月21日　初版第1刷發行
2023年6月7日　初版第4刷發行

作　者：七菜なな
插　畫：Parum
譯　者：黛西

發行人：岩崎剛人
總編輯：蔡佩芬
副主編：楊鎮遠
美術設計：宋芳茹
印　務：李明修（主任）、張加恩（主任）、張凱棋

發行所：台灣角川股份有限公司
地　址：104台北市中山區松江路223號3樓
電　話：（02）2515-3000
傳　真：（02）2515-0033
網　址：www.kadokawa.com.tw
劃撥帳戶：台灣角川股份有限公司
劃撥帳號：19487412
法律顧問：有澤法律事務所
製　版：巨茂科技印刷有限公司
ISBN：978-626-321-216-9

DANJO NO YUJO HA SEIRITSUSURU?(IYA、SHINAI!!)
Flag 1. JA、30 NI NATTEMO HITORIDATTARA ATASHI NI SHITOKINAYO?

Edited by 電撃文庫
First published in Japan in 2021 by KADOKAWA CORPORATION, Tokyo.
Complex Chinese translation rights arranged with KADOKAWA CORPORATION, Tokyo.